국민이 깨어있어야
정치가 건강해진다

박정필 칼럼집

작가의 말

3년 전, 정권교체로 인한 정치적 소용돌이가 크게 몰아쳤다. 당시 상황을 보고 나름대로 쓴 칼럼 58편, 올해 쓴 2편을 첨가했다. 편향성이 약간 배어 있지만 훈장의 회초리쯤으로 여기고 이해와 관용을 바란다. 해묵은 원고를 미련 없이 몽땅 휴지통에 버리고 싶었지만, 글 쓰면서 마음 고생한 것을 생각하니, 아쉬움이 커 책으로 엮어본다. 물론 여야가 공존해야 정치가 발전하고 정부독선을 막을 수 있다는 평범한 상식은 국민들이 다 인식하고 있다. 하지만 국민들이 원한 것은 어느 정부에서 국가위상을 높이고 국민안전과 지속적인 경제성장을 이뤄 국민을 잘 살게 해준 정당에게 호감을 갖게 된다. 작금의 정치행태는 국민에게 정치혐오감을 느끼게 한다. 이제 국민들도 정치수준이 높아져 잘잘못을 가리는 안목을 갖게 됐다. 제발 여야가 소모적인 정쟁은 지양하고 품격을 지켜가면서 차원 높은 의정활동을 해주길 간절히 바란다.

향후 우리국민은 미국처럼 특정 정당에게 10년 넘게 지지해 주지 않을 것이다. 아무리 잘해도 여야가 바꿔가면서 정권의 기회를 갖게 될 것으로 관측된다. 따라서 여야 의원들은 역지사지하면서 서로가 존중하고 국민을 위한 법률안이나 정책에는 적극적으로 나서야 한다. 또한 새로운 정치문화를 형성하여 국민들이 정치걱정지 않도록 노력해 주었으면 한다. 더불어

선진국을 향해 발돋움하면서 하루빨리 평화적 조국통일을 이뤄서 주변 국가로부터 무시와 멸시를 당하지 않는 우뚝 선 대한민국 국민으로서 기 죽지 않고 떳떳이 살아가는 게, 나뿐만아니라 국민의 소망일 것이다.

2020년 12월 저자

차례

2부

3부

6부

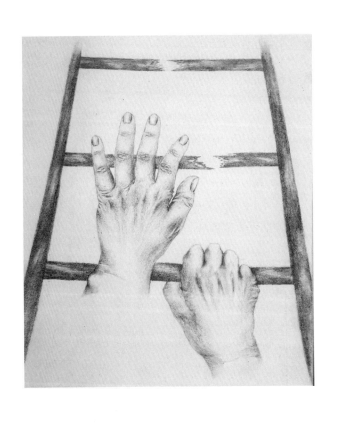

1부

가짜뉴스는 건강한 공동체의 위험한 불씨다
'우리의 소원은 통일' 새로운 시대를 꿈 꿀 때다
미투운동이 양성평등문화의 구현이다
국민이 깨어있어야 정치가 건강해진다
약발 못 받는 네거티브 선거전략
막말정치와 색깔론
정치적 소용돌이 속에서 추락한 고은 시인
경찰영웅 '안병하 치안감' 오랜 잠에서 깨어나다
노회찬 의원의 죽음에 대한 국민 생각
오기와 심술정치, 이제 그만

가짜뉴스는 건강한 공동체의 위험한 불씨다

　자유민주주의가 성숙하여가는 과정에서 '가짜뉴스'가 기승을 부려 공동체가 몸살을 앓고 있다. 가짜뉴스란 단어는 아직 국어사전에는 등재되지 않았지만, 일반적인 개념은 "정치 경제적 이익을 위해 의도적으로 언론 보도의 형식을 하고 유포된 거짓 정보다"라고 인식하고 있다. 바야흐로 대중매체가 여러 형태로 급속히 진화되어 과거 신문과 TV를 뛰어넘어 포털사이트 페이스북 트위터 유튜브 등 다양해졌다. 문제는 이런 매체를 통해 가짜뉴스가 혐오와 음해성을 담아 거짓 왜곡시켜 유포함으로써 타인의 명예를 훼손하고 국민을 속이며 국정운영에도 혼란을 줌으로써 건강사회를 뿌리째 흔드는 주범으로 지목받고 있다. 사실상 생각해볼 가치도 없는 가짜뉴스를 일부 극우세력들이 자신들의 정치 사회적 입지강화를 위해 저열하고 야비한 짓을 한 점 부끄럼 없이 퍼뜨리고 있다.

　그뿐만 아니라 특정 정치세력들도 이런 가짜 뉴스를 은근히 즐기면서 부추기고 있다. 이제 똑똑해진 국민의 정치수준을 무시한 저급한 행태이다. 현실적으로 가짜뉴스의 피해가 눈덩이처럼 불어난다. 이대로 간다면 국론분열은 더욱 심화하여 망국의 불씨가 될 것이다.

　갈수록 가짜뉴스가 치밀하고 교묘하게 곳곳으로 흘러들어 가고 있다. 특히 인터넷 포털의 댓글에는 가짜뉴스와 인신공격, 욕설 등이 난무하고 있다. 이처럼 가짜뉴스를 날조 조장 묵인 방조 전파하는 것도 반사회적 범죄의 공범이다. 대부분 정치관련 문제가 주류를 이루며 진영논리에 따라

유·불리의 내용을 담는 게 특징이다.

이런 가짜뉴스가 허위로 밝혀져도 자신의 견해와 다르면 믿지 않으려고 거부한다. 이와 관련 심리학에 '확증편향'이란 용어가 있다. 그 뜻은 이러하다. '자신의 신념과 일치하는 정보는 받아들이고 불일치된 것은 정보는 무시하는 경향'을 말한다. 대부분 사람이 이런 성향을 갖고 있어 이 또한 사회병리현상이라고 지적한다.

지금껏 이상하게도 가짜뉴스의 범람에 대해 언론도 침묵한다. 이뿐만 아니다 종편에 나온 패널들이 팩트를 확인하지 않고 가짜뉴스를 인용해 괴담 궤변 수준의 마구잡이식 평론에 시청자들은 이맛살을 찌푸린다. 실제로 가짜뉴스는 국가와 사회에 무서운 괴물이 돼가고 있다. 요즘 정치인들은 가칭 '정보유통 방지에 관한 법률'의 입법화 여부를 두고 유·불리를 따지면서 저울질하고 있지만, 국민여론은 가짜뉴스를 발본색원하자는 데 힘이 실리고 있다.

다른 한편 우리나라뿐만 아니라 외국에서도 가짜뉴스에 곤욕을 치르면서 "정보조작은 민주주의의 도전"이라는 인식을 공감하며 대책에 골몰하고 있다. 이미 가짜뉴스와의 전쟁을 선언한 독일은 혐오발언과 가짜 뉴스를 지우지 않는 포털에 대해 거액의 벌금을 부과하도록 법제화했다. 또 가짜뉴스에 시달린 마크롱 프랑스 대통령도 강력한 법안을 내놓겠다고 선언했다.

우리 국회도 선량한 국민보호를 위해 하루빨리 입법화를 서둘러야 한다. 속담에 '농담으로라도 거짓말을 말아라'라는 선조들의 가르침을 되새겨보면서, 자유민주주의 가치를 훼손하는 가짜뉴스에 속지 말고, 더불어 건강한 세상을 만드는 데 힘을 모아주시기 간절히 바란다. (2018. 11. 4)

'우리의 소원은 통일' 새로운 시대를 꿈꿀 때다

누구든지 초등학교에 들어가서 음악 교과서에 등장한 '우리의 소원은 통일'의 노래를 부르던 시절의 추억을 간직하고 있을 것이다. 이 노래는 한겨레의 염원을 담아 1947년에 서울서 발표됐다. 일제 강점기에 문예 분야에서 활동했던 안석주가 작사하고, 그의 아들인 안병원이 작곡했다. 발표 당시는 '우리의 소원은 독립 / 꿈에도 소원은 독립'이라는 가사로 만들어졌지만, 대한민국 정부가 수립되고 남북의 분단이 현실화되면서, 교과서에는 '우리의 소원은 독립'을 '우리의 소원은 통일'로 가사를 바꿨다고 전해지고 있다. 또 '이 목숨 바쳐서 통일 / 통일이여 오라'였으나, 이후 '이 정성 다해서 통일 / 통일을 이루자'라고 개사됐다. 이 노래로 인하여 북한에 고향을 둔 실향민에게는 망향의 한을 달래주었고, 통일의 불씨를 살리는 역할도 톡톡히 해내면서 국민 애창곡으로 널리 불리게 됐다.

지난 2000년 남북 분단 이래 첫 남북정상 회담 당시, DJ와 김정일이 6·15 남북 공동선언에 서명한 후, 수행원들과 손을 잡고 함께 거부감 없이 불러 정치적 상징성까지 컸다. 또 남북 간 음악 교류에서는 공연의 끝 무렵, 연주하는 노래가 되기도 한다. 하지만 반백년 넘도록 남북 정권은 통일을 원하면서도 막상 통일문제를 두고서는 방법상 큰 간극을 좁히기 쉽지 않았다. 따라서 반목과 대립만 키워냈다. 아울러 우리 내부서는 진정한 통일정책보다 안보를 빙자하여 장기집권을 위한 수단으로 이용됐다. 이른바 북진통일에서 반공 멸공 승공 흡수통일론까지 줄기차게 반복돼도 대다수 국민은 싫든 좋든 줄곧 호응해 줬다. 그렇지만 평화적 정권교체 뒤, 남북의 화해무드가 조성되어 통일방안은 힘의 논리가 아닌 평화통일이 한반도의 진정한 통일이라는 명제에 공감대가 형성돼 뜨거운 기운이 감돌고, 한편 예술계 학술계 등 남북교류 준비가 활발해지고 있다. 그러나 우리 정치계는 외교안보 통일정책 분야에는 여야가 의견 충돌로 정쟁을 유발해 국민의 오만상을 찌푸리게 한다. 지금껏 문 대통령께서는 ASEM, G20 등 국제회의에 참석해 외교안보적 성과를 거두어 대다수 국민은 박수갈채를 보내고 있다. 실제로 한 나라의 '외교는 바로 국력이다'라는 말이 실감 나게 한다.

특히 유럽 순방길에서 찾아뵌 프란치스코 교황께서는 문 대통령에게 "두려움 없이, 멈추지 말고 앞으로 나아가라"라고 의미 있는 훈수를 해주셨다. 실로 고마운 원군이다. 더불어 우리 국민도 한반도 평화와 번영 위해 동분서주하면서 애쓰신 노고에 감동하고 적극적인 지지로 힘이 실리고 있다. 반면 일부 극우세력과 사이비 종교단체는 가짜 뉴스를 만들어 남북 화해 분위기에 찬물을 끼 얹는 망국적 행위에 세간의 시선은 곱지가 않다. 참으로 부끄럽고 참담하다. 지난해만 해도 미국 매파를 중심으로 '군사적 해법' 얘기가 심상치 않게 나돌 때, 온 국민은 가슴을 죄며 전쟁 불안에 떨었다. 하지만 지금은 꽁꽁 얼었던 한반도에 훈훈한 기운이 번지면서 적대감이 봄눈 녹듯 하고 평화적 통일인식이 높아가고 있어, 생판 다른 상황으로 반전을 모색하고 있지 않은가. 이럴 때일수록 한뜻 한 마음으로 뭉쳐서 한겨레 염원인 한반도의 통일을 앞당겨, 자유와 평화가 넘치는 부강한 선진국으로 발전시켜야 한다. (2018. 12. 31)

'미투운동'이 양성 평등문화의 구현이다

최근 '미투운동'과 관련한 우스개가 인터넷상에 떠돌고 있다. 그 내용이 이렇다. "한강에 한국인 여성과 베트남 여성이 물에 빠져 허우적거리고 있는 것을 발견한 한국인 남성이 물에 뛰어들어 베트남 여성만 구해냈다. 그때 지난 가던 행인이 한국여성을 왜 구하지 않느냐고 묻자, 그는 대답하기를 한국 여성을 보듬어 끌어내면 성추행으로 처벌받기에 구조하지 않았다"는 것이다.

이런 우스갯소리에 '미투운동'의 오해와 불신감이 넌지시 묻어난다. 실제로 '미투운동'이 사회적 합의를 이끌어 내기위해 더 긴 시간이 필요할 것 같다. 그 이유는 이런 게 아닐까한다. 옛적부터 내려 온 남존여비 사상이 주범인 것 같다. 또 과거 여성에게 3종 지덕(三從之德)을 강요하고, 출가외인 이니 등 세속적인 깊은 인식의 뿌리가 깊다. 하지만 '미투운동'이 일시적인 현상으로 끝나서는 안 된다. 사실 이런 남녀 불평등 사상은 우리들 어머니에게는 힘들고 고달픈 세월이었다. 이처럼 남성위주의 사회인습이 하루아침에 바뀐다는 게 그리 쉽지는 않을 것이다. 그러나 꾸준히 노력한다면 문제해결은 가능하다. 과거 6, 70년대에는 여자 아이들은 상급학교에 보낼 수 있는 집안서도 초교만 졸업시키고 가정을 돕다가 20살 갓 넘으면 결혼시키는 것이 통례였다.

실제로 유교사상에 비롯된 남녀유별은 부모의 아들선호 심리를 키워왔다. 우리사회의 잘못된 의식구조였다. 1980년 이후 여성들도 거의가 상급

학교 진학의 기회가 열려, 신지식인이 많이 배출이 되어 각계각층으로 진출하여 두각을 나타내고 있다. 이런 영향을 받아 일상의 가정생활에서 부부의 불평등서 평등으로 전환되던 시기와 맞물려 오랫동안 '가부장적 인습'의 지배를 벗어나기 시작했다. 따라서 가정사의 의사결정권이 아내에게 무게가 실리기 시작됐다. 21세기는 '남성의 전성시대'는 막을 내리고 '여성의 전성시대'가 열릴 것이라는 혹자의 예언이 적중했다.

행정고시도 남녀 합격비율이 거의 비슷해지고 있다. 올 국가직 9급 필기시험 합격자 6천 874명 중 여성이 53.2%가 합격됐다. 실로 여성이 남성보다 열등하지 않는다는 반증이 아닌가. 향후 지방자치 단체장에도 여성이 동등한 비율로 선출되었으면 좋겠다. 요즘 여성들이 각 분야에서 자신의 권리를 주장한 것은 현대사회의 값진 표상이고 대세의 흐름이다. 이런 변화를 받아드리지 못한다면 자연 도태된다는 엄연한 사실을 염두 해야 한다. 게다가 지금처럼 용기 있는 피해여성의 목소리가 터져나와야 한다. 양성 평등 문화가 이뤄져야 선진국으로 진입한다. 이런 진통과 아픔을 거치면서, 시나브로 여성의 꿈과 희망은 이뤄질 것이다. 실제로 오랫동안 우리 사회는 남성적 우월감으로써 기울어진 운동장이었다. 이런 잘못된 관행에 문제를 제기 한 것은 근래에 들어 '서지현 검사의 용기 있는 폭로'이다.

아직껏 가해자는 한마디 사과도 없고 책임도 지지 않으려는 태도는 '미투운동'에 대한 불만이고 저항이다. 가해자 C모씨는 취중 자신의 일부 실수를 인정했다. 지금도 서 검사의 억울한 눈물이 마르지 않은 채, 온갖 루머로 인해 2차 피해로 고통에 시달리고 있는 현실이 유감스럽다. 사실상 성폭력 피해사건을 뒤집어보면 남성에게도 피해가 될 수도 있다. 여성은 남성들의 어머니요 아내요 딸들이다. 한편 가해자 대부분이 각 분야에서 나름대로 성공신화를 쓰고 있는 사람들이다. 그렇지만 우월한 지위를 악용해서 약자에게 성적인 모욕감을 준다는 게 지성인의 태도는 절대 아닐 것이다.

또 한편 올 '미투운동'이 봄 학기 대학가에 불붙었다. 몇 달 전, 가해자로 지목된 모 교수 연구실 문 앞에 분노를 표현한 날 선 문구가 적힌 포스트잇들이 빼곡히 붙이고 있단다. 아울러 캠퍼스 게시판에도 많은 학생들이 이른바 '포스트잇 미투운동'에 동참한다. 이런 절규에 교수들이 귀 닫고 있다가는 낭패당한 경우를 남 일처럼 여겨선 안 된다. 만약 시대의 흐름을 거역하고, 고정관념을 깨지 않으면, 결국 피해는 자신에게 날아든다. 아집과 독선은 독이 된다. 비단 교수들에게만 국한된 문제는 아니다. 대학마다 인권신고 센터나, 성피해 신고소를 의무적으로 설치해 직원을 배치하고, 실효성 있는 운영을 위해 관리감독을 외부에서 하도록 하면 어떨지… 또한 가해자들 명단을 공개하여 신분상 불이익을 주도록 행정적인 조치도 한 방법이 될 수 있다. '미투운동'이 막연히 좀 지나면 스쳐갈 바람 같은 현상으로 착각해선 안 된다. 한편 우려스런 것은 '미투운동' 장애는 꽃뱀들의 사악함에 있다. 때론 남성들의 억울한 피해사례가 발생하기도 한다. 바라건대 '미투운동'이 교각살우(矯角殺牛)가 되지 않았으면 한다.

(2018. 5. 7)

국민이 깨어있어야 정치가 건강해진다

작금의 정치가 국민들에게 짜증을 유발하고 정치혐오를 가중시키고 있는 형국이다. 실제로 정치는 없고 정쟁만 있을 뿐이다. 지난 9일 조국에게 법무장관 임명장이 수여됐다. 이에 반기든 한국당은 청와대 앞에서 집회를 갖고 조국 파면을 주장하면서 첨예한 대립으로 치닫고 있다. 보수 언론도 조국에 대해 마녀 사냥하듯 검찰 수사사항을 앞 다퉈 도배질했다. 또 교수 193명이 '조국 사퇴'의 시국선언문도 등장했다. 잇따라 SKY 대학 소수 학생들도 교내 집회를 통해 '조국 장관 사퇴'에 가세했다. 이와 관련 청와대는 침묵은 하지만 곤욕스럽고 긴장의 끈을 놓을 수 없다. 자칫 한 점의 불씨가 광야를 태울 수가 있잖은가. 사실상 문 대통령은 건강한 민주주의를 위해 '검찰과 사법 개혁'이 필요하다고 확신에 차 있다. 그 핵심 과제는 공수처 신설과 검경 수사권 조정이다. 물론 국민도 대찬성이다. 그래서 강한 의지로 야당 반대를 무릅쓰고 자질과 능력을 갖춘 조국을 선택한 것이다.

한편 조국에 대한 의혹들이 난무한데 딱 부러진 불법행위가 아직껏 드려 나지 않고 있다. 그래서일까 수사의 칼끝은 부인과 친인척으로 확대되고 있어 그 귀추가 주목된다. 최근 여론조사 기관인 한국갤럽은 조국 장관 임명에 반대 57%, 찬성 27%로 나타났다. 게다가 문 대통령 국정지지도 40%로 취임 후 최저치가 됐고, 부정 평가는 53%대로 추락했다. '국정수행 부정 평가' 이유에서 '인사 문제' 비중이 높다는 점을 예사로 여겨서는 안 될 것 같다. 특히 눈여겨 볼일은 19~20살은 긍정 38% 부정 47%이다. 그뿐만 아니다 지지 정당이 없는 무당층에서는 긍정 평가 24%, 부정 평가 55%로 후자의 비중이 크다.

이쯤 되면 다시 한번 깊은 고민을 해봐야 않을지 심히 우려스럽다. 그러나 고민정 청와대 대변인이 20일 춘추관 브리핑에서 "지지율 하락에 일희일비하지 않고 산적해 있는 일을 해나가는 정부가 될 것"이라고 입장을 밝혔다. 옛말에도 '민심은 천심'이라고 했잖은가. 일각선 문재인 정부가 "아집과 독선으로 국민의 비판 목소리를 귀담아듣지 않는다면 과거 독재정권과 뭐가 다른가"라는 주장을 제기하면서 조국의 임명 철회를 은근히 압박한다. 알다시피 민주주의 국가 권력은 총구로부터 나온 것이 아니라 국민으로부터 나온다. 한시적인 권력을 가지고 무소불위의 권력 방망이를 휘둘렀다가 국민 대다수의 거센 저항에 부딪쳤던 박근혜 정권도 결국 촛불민심 앞에 초라하게 무너졌다. 그러나 문 정부는 "과거 정권처럼 독재정권은 아니고 민주적 방식으로 국정 운영한다"라는 점을 국민들이 공감하기 때문에 한결같은 지지를 보내주고 있지만 민심은 사정에 따라 언제든지 뒤집힐 수 있다.

반면 "제1야당인 한국당은 줄곧 반대를 위한 반대로 인해 국회 운영에 차질을 빚고, 사사건건 발목 잡아 국정이 제대로 굴러가지 못한다"라는 비난여론이 세간에 고개를 들고 있다. 혹자는 이런 난맥상 초래는 강경파 몇몇 의원으로 지목하고 분통을 터뜨린다. 또 다른 혹자는 한국당이 과거의 부패와 실정에 뼈아픈 성찰 없이, 문 정부 출범부터 지금껏 도 넘은 정치공세로 어깃장을 놓고 있어 무당층마저 등을 돌려, 지지율은 제자리에 맴돌고 있다고 했다.

특히 광주 5·18 민주화 운동에 대해 거짓과 왜곡으로 폄하하고, 극우 논객 지만원의 생뚱맞은 '북한군 개입설'을 정치적으로 악용하려다 국민적 강한 반발로 뒷걸음쳤다. 또한 세월호 참사 유족들에게 막말하여 생긴 마음의 생채기로 고통을 준 사실에 더욱 싸늘해진 민심은 돌아오지 않고 있다. 더불어 정치가 희화화되고 추한 모습으로 전락, 정치혐오를 초래한 책임에서 자유로울 수 없다. 며칠 전일이다. 몇몇 한국당 의원들이 국회 마당서 '조국 해임을 위한 삭발식'을 가졌다. 과연 삭발정치의 효과는 나타날지는 두고 볼 일이다. 23일에는 검찰에서 초유의 법무부장관 집에 압수수색에 들어가자 일부 여당 지지자들도 '사퇴 결정'의 목소리가 시나브로 커지고 있다. 요즘 온 국민은 끝이 보이지 않는 소모적인 정쟁으로 걱정과 불안이 심각하다. 그래도 국민이 깨어 있어야 정치가 건강해진다는 점을 잊어서는 안 될 것이다. (2018. 9. 27)

약발 못 받는 네거티브 선거전략

우리나라에서 가장 많은 사람들이 살고 있는 경기도 인구는 1,300만 명이다. 지형적으로는 북한과 인접하여, 안보의식이 강한 곳이다. 그래서 경기도지사 선거 시, 온 국민 관심이 쏠리는 지역이기도 하다. 경기 도지사는 31대 손학규씨가 한나라당 소속으로 당선 뒤, 32대 33대 김문수씨가 재선, 34대 남경필씨가 당선됨으로써 16년간(2002. 7. 1~2018. 6. 30)을 한국당이 독점했다.

하지만 70년간 당명만 바꾸면서, 18대 박근혜 전 대통령과 집사 최순실이 함께 국정농단으로 인해 대물림된 새누리당에서 한국당과 미래정당으로 쪼개진 아픔을 겪었다. 그러나 두 당의 정체성과 정치행보는 쌍둥이였다. 특히 대북관계는 서로가 대립각을 세우면서, 빨갱이 타령만 해대고, 국정에는 비협조로 일관하며, 막말과 궤변을 쏟아내, 국민에게는 볼썽사납고 오만불손한 태도로 비쳐졌다.

특히 적폐청산을 정치보복이라고 억지 부리는 모양새로 민심 이반을 가져왔다. 자신들의 잘못한 일들을 1년 집권한 민주당에 덮어씌우면서 반성과 성찰커녕 더욱 사나워져 가는 역겨운 풍경에 지겨웠다. 또 극우보수 세력들의 주동으로 서울 광화문광장서 태극기와 성조기를 양손에 쥐고 흔들면서, 반문 정부에 대한 집회시위는 진정머리가 난다며 진짜 애국시민들은 고개를 흔들었다. 한국당서 배출한 두 전직 대통령이 부정부패로 감옥에 있는데도 일말의 책임을 느끼지 않고, 국민을 깔보고 무시했다. 과거

당의 위세와 권력의 향수에 도취되어 법질서를 위반한 무리에 불과했다. 어느 나라가 이처럼 반민주적이고 반지성적이며 반민족적인 수구 보수 세력에게 표를 주는 국민을 이해할 수가 없다는 양심 있는 지성인의 목소리에 귀 닫고 살아온 것이다. 그뿐 아니다. 지금도 젊은 세대들은 '광주민주화항쟁'을 북한지령 한 폭동사태로 알고 있는 자들이 부지기수다. 뒤늦게 그게 아니었다는 사실을 알게 되었다고 한다. 하지만 한국당에는 지금도 이에 동조하는 몇몇 의원이 남아 있다.

그 만큼 국민이 어리석었다. 곡학아세(曲學阿世)한 지식인들이 저질러놓은 악행으로 국민을 혹세무민한 것이다. 특히 2, 40대가 과거 정부의 조작과 왜곡된 홍보와 속고 살아온 것이다. 똑똑해진 국민이 뒤늦게나마 깨우친 것만 해도 다행이다. 한국당 의원들과 극우 보수 세력들은 함께 흥겹게 춤을 추면서, 세상이 변해가는 줄 모르고, 고정관념에 사로잡혀 시대정신을 역행했다. 실로 그들끼리의 '부 권력 명예'를 거머쥐고 한국 사회를 좌지우지했다. 옆구리로 삐져나온 부정부패를 보수언론들이 막아주는 데 급급했다. 참으로 기득권세력들은 손바닥으로 하늘 가리려는 꼼수만 늘었다. 이러한 사회분위기 속에서 제7회 전국동시 지방선거가 막을 올랐다. 35대 경기도지사 후보에 민주당 이재명, 한국당 남경필 바른미래당 김영환 후보들 간 선의의 경쟁을 넘어 네거티브 전략은 2주간의 선거운동 기간에 치열했다. 마지막 여론조사에서 이재명 후보가 48.6% 남경필 후보가 19.4%, 김영환 후보가 1.9%로 상당히 격차가 많이 났다. 그러나 과거 여론조사 결과가 자주 틀려 이것마저 신뢰성을 잃었다.

경기도지사 선거는 네거티브가 전국서 가장 유치하고 좀비스럽다고 지적했다. 그 사례를 들어보면, 이재명씨가 자신의 형수와 집안사정과 개인

감정으로 인해, 전화상으로 욕설한 내용을 녹음하여 유티브로 전국에 유포시켰다. 이 점에 대해 남경필 후보는 도덕성 정직성을 주장하면서 공격했다. 이재명 후보는 업보라며 자신의 잘못했던 일을 인정하면서 진정성을 가지고 후회하고 성찰의 기회로 삼겠다고 몸을 낮췄다. 옛 성인들은 "남의 눈에 티는 보면서 내 눈의 들보는 못 본다"고 했다. 비슷한 사자성어로 이단공단(以短攻短)이 있다. 풀이하자면 자기의 결점을 생각 않고, 남의 잘못을 비난한다는 것이다. 사실상 남 후보 자신도 대학에 나오는 수신제가 치국평천하(修身齊家 治國平天下)의 의미를 망각한 것 같다. 유교에서 강조한 올바른 선비의 길이다. 먼저 자기 몸을 바르게 가다듬은 후, 가정을 돌보고, 그 후 나라를 다스리며, 그런 다음 천하를 경영해야 한다는 의미다. 옛 선각자들이 세상에서 해야 할 일의 순서를 알려주는 표현이다.

사실상 남 후보는 가정도 깨지고, 아들의 범죄행위로 많은 비난을 받은바 있다. 차라리 이런 문제를 거론하지 않았더라면, 유권자로부터 미움을 덜 샀지 않았을까, 라는 추측도 해본다. 한 술 더 뜬 김 후보는 영화배우 김부선의 연애설을 들고 나와 그녀의 사진을 증거로 보이면서, 이 후보를 곤경에 빠뜨렸다. 일각선 김 후보가 점잖은 사람으로 인식했는데 이상해졌다는 인물평도 나왔다. 사실상 정책과 공약에 대한 토론은 없고 네거티브만 있어 식상했다는 불평도 튀어나왔다. 당사자인 이부선씨도 기자와 인터뷰로 사실관계를 인정했다. 네거티브가 극에 달해 지지자들은 혹여 낙선하지 않을까 애가 타서 마음이 조마조마했다고 실토했다. 김부선씨가 이번 지방선거까지 끼여 들여 자신의 이미지를 실추시키는 부메랑을 던졌다.

이택수 리얼미터 대표는 "이재명 형수 욕설 파문이 음성 파일로 공개됐을 때도 사실 큰 변화는 없었다. 그런데 김부선씨 논란은 조금 더 그것보다는 커 보인다"라고 밝혔다. 이 후보 지지자들은 조금 흠결은 있어도 똑똑하고 유능한 지도자를 선택하겠다고 마음을 바꾸지 않았다. 6월 13일 저녁 6시에 투표가 끝나자마자 곧바로 출구조사가 각 방송사로부터 봇물처럼 쏟아져 나왔다. 그 결과 여론조사와 실제 투표결과는 커다란 갭은 발생치 않고 비슷한 수치가 나왔다. 이 후보 56.4% 남 후보 35.5% 김 후보 4.8%로 나타났다. 더 이상 네거티브 전략은 약발을 받지 않는다는 것을 확실히 증명해 줬다. 지혜로워진 국민의 판단은 성숙한 민주사회를 만드는 데 일조를 했다고 본다. (2018. 7. 15)

막말정치와 색깔론

20대 국회는 유달리 '막말'을 양산시켜 우리 사회가 심각한 후유증으로 몸살을 앓고 있다. 특히 정치인들의 막말이 슬픔과 고통을 겪고 있는 피해 당사자들 가슴에 대못을 박고 있는 셈이다. 한편 오랫동안 공석이었던 제1야당 대표가 올 2월 29일 황교안 전 국무총리로 채워졌다. 일각선 정치발전을 기대했으나, 평소 이미지와는 달리 첫출발부터 '강경 장외투쟁 일변도'로 이어져 되레 '그 밥에 그 나물이다'라고 실망한 눈치다. 따라서 지지율이 추락하고 "과거 점잖다는 평가는 물거품 되고 위선적이다"라는 혹을 달게 됐다. 또한 정치 초짜로서 실언과 막말이 반복되면서 언론에서도 후한 점수에 인색했다. "차라리 정치에 등장하지 않는 게 사적으로 더 행복할 것이다"라는 세간의 수군거림이 나오는 판이다.

최근 정치인의 막말은 도를 넘어 최악의 상황이다. 사실상 '막말'의 사전적 의미는 '되는 대로 함부로 하거나 속되게 말함'이라고 규정하고 있다. 더 정확한 의미는 '의도를 가지고 상대방을 조롱하거나 국민을 무시하고 불쾌감을 주는 말장난이다'라고 확대해석한 경우도 있다. 삼척동자가 들어도 기가 찰 정도로 저급하고 유치한 막말을 해놓고 그게 무슨 막말이냐고 항변한다. 우리 정치인의 국어실력 수준을 의심하지 않을 수 없다. 종편 패널들도 막말은 마찬가지다. 그들도 진영논리에 따라 절묘한 주장으로 두둔하거나 비호한다. 그뿐만 아니다. 일부 유튜브는 막말보다 더 나쁜 가짜뉴스를 퍼뜨려 이미 혹세무민의 도구로 전락됐다. 실제로 정치인들의 막말은 우리 청소년들의 인격형성과 공동체 언어순화에 역행해 보이지 않는 해악이 엄청나게 크다.

돌이켜보건대 박근혜 대통령의 국정농단이 이슈로 떠오를 때, 젊은 남녀들이 직장서 퇴근 후 피로도 잊은 채 촛불집회에 빠짐없이 참여하여 "이게 나라냐"라고 목청껏 외쳤다. 그 이후 문재인 정권이 들어선 지 3년차인 지금, 과연 촛불 민심의 요구가 얼마나 충족됐는지 나름대로 평가해보고는 크게 낙망했다는 뒷말이 무성하다. 더불어 제대로 적폐청산이 안 되고, 그 세력들이 반성은커녕 반격에 나섬에도 정부가 나약한 국정운영으로 수세에 몰리고 있다고 볼멘소리가 흘러나온다. 반면 박 정권 실각 이후 주말마다, 광화문 광장에는 어버이 부대와 엄마부대 극우단체 등으로 유례없는 색깔론의 진풍경이 펼쳐진다. 여기에는 현 정부와 문 대통령을 향해 "김정은 대변이니, 종북 빨갱이니" 온갖 욕설로 분탕질하고 있다. 어디 그뿐인가. 근래 들어 한국에 경제 보복한 아베 총리를 노골적으로 지지한 발언들이 위험수위다. 이 같은 일탈은 명백히 매국행위다. 참으로 몰상식과 무지의 극치를 넘어 무질서와 혼란을 부채질해도 수사당국은 수수방관하고 있다. 또다시 "이게 나라냐"는 말이 여러 입길에 오르내리고 있다.

예나 지금이나 정치인이 국가와 국민 위한 헌신과 봉사보다 자당의 패권과 권력을 잡기 위한 정치적 꼼수를 피운다면 국민은 등을 돌린다. 벌써 21대 총선이 발 빠르게 다가오고 있다. 지혜롭고 현명한 유권자의 올바른 판단과 성숙한 시민의식으로 막말 정치인을 기필코 퇴출시켜야 정치혐오로부터 자유로워진다. 그래야, 정치도 살고 국회도 제구실하게 될 것이다.

(2019. 9. 20)

정치적 소용돌이 속에서 추락하는 고은 시인

　얼마 전, 언론을 통해 뜨겁게 달구는 '원로 시인의 성추행 화제'가 문인들의 높은 관심을 끌고 있다. 덩달아 인터넷상에서도 익명 뒤에 숨어서 진위를 알 수 없는 성 스캔들이 봇물처럼 터져 나온다. 실제로 한국 문단의 일그러진 한 단면을 보는 것 같아 씁쓸하고 안타깝다. 나는 두 시인과는 일면식도 없는 사이다. 공통점이 있다면 시인으로서 '시를 쓰는 것' 뿐이다. 하지만 그들에 대해 언론과 문인들의 입소문을 통해 토끼꼬리만큼 알 뿐이다. 고은 시인은 33년생이다. 1958년 문단에 데뷔하여 암울했던 시대에 한국 문단을 일구어 온, 오늘날 시 문학의 상징적인 존재다. 또한 노벨문학상 후보로 여러 해 걸쳐 거명된 바 있다.

　반면 최 시인은 61년생으로 1993년 창작과 비평으로 통해 등단했다. 한때 언론서 유명세를 떨친 실력 있는 여류시인이다. 그녀의 여러 시집 중 『서른, 잔치는 끝났다』(1994년 창작과 비평사 출간)라는 시집이 떠오른다. 실제로 문단의 신인이 원로와 만난다는 것은 그다지 쉽지 않은데, 한때 두 분께서는 시 쓰는 데 도움을 주고받기 위해서 수차례 만나다 보니, 친분이 두터워져 회식자리도 자주했다는 추정이 가능하다. 이런 두 분이 한국 문단의 '성추행' 가해자와 피해자로 중심에 서게 됐다. 문제의 발단은 최 시인이 30여 년 전, '성추행 피해 사실'을 아련한 기억에서 꺼내 작품화시켜, 지난해 황해문학 2017년 겨울호에 '괴물'이란 시를 발표하여, 원로 시인의 성추행을 고발했다. '괴물' 텍스트를 살펴보면 〈en(은) k시인(고 이니셜) 삼십 년

선배(나이) 노털상(노벨상) 100권의 시집 출간(아직껏 100권 시집 펴낸 시인 없음)〉 등 으로 비쳐볼 때, 구태여 실명을 공개하지 않더라도 고은 시인이라고 직감 적으로 알 수 있다.

한편 '괴물'의 시는 세상에 나왔지만, 자칫 묻혀버릴 뻔했는데, 몇 달 흐 른 뒤, 조명을 받게 된 것은, 공교롭게도 서지현 통영지청 검사의 성추행 피해 사건이 전파매체를 타면서, 두 사안이 맞물리면서 파장이 일파만파 로 번지게 됐다. 또 한편 최 시인은 지난 6일 〈한겨레〉와의 통화에서 "제 시를 문학작품 자체로 봐주길 바란다"라고 말했다. 그런데 다음날 저녁 모 종편 방송에 출연해 "그는(고 시인 지칭) 상습범이다. 너무나 많은 성추행 과 성희롱을 목격했고 피해자가 셀 수도 없이 많다"라고 강도 높게 비판했 다. 이와 관련 고 시인도 같은 날 〈한겨레〉와 통화에서 "여러 문인들이 같 이 있는 공개된 자리였고, 술 마시고 격려하느라 손목도 잡고 했던 것 같 다"라며 "오늘날에 비추어 성희롱으로 규정된다면, 잘못했다고 생각하고 뉘우친다고 말했다" 사실상 자신의 비행을 인정하고 후회했다.

고 시인께서 오랫동안 한국 문학에 기여한 공이 하루아침에 물거품처럼 사라져 착잡하기도 하다. 예술인은 어느 분야에서 우뚝 서게 되면 교만해 지고 권위적인 자세로 변하게 되는 걸까. 따라서 배우고 싶어 하는 문하생 을 무시하고 모욕감을 주면서 제 마음대로 휘둘리면서 안하무인격으로 대 하는 태도야말로 지탄을 받아야만 마땅하다. 상대방에게 인격적으로 대 해주지 못한 결과가 이처럼 부도덕하고 범죄행위로 비쳐지게 된다. 한편 자기 비밀은 묘까지 가지고 가야 아름답고 더 가치 있다는 의견과 자기 가 슴에 묻어두고 고민하고 증오하지 말고 상대방에게 사과 받고 법적인 처벌 을 받게 해야 다른 사람에게 피해주지 않는다는 의견이 충돌하고 있지만 그 판당은 각자의 몫이다.

한편 이승철 시인은 7일 자신의 페이스북에 최 시인의 폭로를 언급하며 "그녀(최영미 시인)는 피해자 코스프레를 남발했다"라며 "최 시인과 사무실에서 함께 일한 적이 있는데, 선병 질적으로 튀는 성격이었다." 또 "남성 혐오에 가까운 트라우마가 있다"라며, "최 시인은 참으로 도발적인 발언을 아무렇지 않게, 자신의 잣대로 마치 성처녀처럼 쏟아냈다"고 맹비난했다. 그나저나 이 정도이면 누구나에게 커다란 경종과 성찰의 기회가 될 것으로 확신한다. 흔히들 '용서처럼 아름다운 것이 없다'고 한다. 공자님께서도 일찍이 "상처는 잊어라, 은혜는 결코 잊지 말라"라고 했다. 바라건대 '미투 운동'이 효과를 거둬 '양성평등 문화'가 확고히 정착되고, 서 검사와 최 시인의 상처도 하루빨리 치유되길 빈다. (2018. 3. 15)

경찰영웅, '안병하 치안감' 오랜 잠에서 깨어나다

엄혹한 시절에 "광주민주화항쟁"의 역사적 비극에서 '광주시민의 은인'이었던 안병하(당시 52세) 전 전남 경찰국장을 빼놓을 수 없다. 당시 신군부의 억울한 누명을 뒤집어썼던 아픈 사연을 재조명해 본다. 돌이켜보면 전두환 중심 신군부 쿠데타로 정권을 찬탈한 뒤, '5·18 광주민주항쟁'을 총칼로 진압하는 과정은 한마디로 만행이었다. 김영삼 전 대통령도 집권초기에 '역사 바로 세우기'를 하겠다고 천명했으나 용두사미로 그쳤다.

그 뒤 DJ정부 때도, 한 정권이 37년 동안 집권해 온 구조적 모순을 5년의 짧은 기간으로는 한계가 있었다. 만약 한국당이 집권했더라면, 아직도 거짓과 왜곡 과장된 안병하 전남 경찰국장의 부정적 평가는 어둠속으로 깊이 묻혀 질 뻔했지만, 문재인 정부가 들어섰기에 뒤늦게나마 진실이 밝혀져 천만다행이다. 그 주인공 안 국장이 '광주민주화유공자'로 인정받은 세월은 38년이란 길고 험난한 여정이었다. 1992년 광주시에서 민주화운동관련 희생자 신청접수를 받을 때, 안 국장 유족들이 찾아가 신청했으나 '안 국장께서는 광주민주화운동과 직접 관계가 없다'며 거절당했다. 참으로 절망의 낭떠러지로 추락한 심경이었다. 그때 유족들은 '우리가 광주시로부터도 버림을 받으면, 어디로 가야 할까'라고 심한 자괴감이 들었다고 한다. 치안본부도 찾아갔지만 비협조에 배신감이 들었다고 고백한다.

실망감에 큰 아들은 "이 나라에 더 이상 못 살겠다"며 미국으로 떠났다. 안 국장은 1994년 행정재판을 통해 8일간 고문 받은 것이 '불법 구금'으로 인정돼 800만 원을 받은 것이 전부였다. 같은 해, 유족들은 광주지역 법조인들과 언론인들의 도움을 받아 국가를 상대로 소송을 제기했다. 대법원에서 '안병하 경무관이 광주사태로 사망하게 되고, 강제 해직당했다'며 유족들에게 사망자의 보상생활지원금, 위로금을 지급하라고 판결을 받아냈다. 사실 국가를 상대로 소송한다는 게 그리 쉬운 일인가. 일반인은 법에 대한 전문지식이 없기에 변호사를 선임해야 한다. 이에 따른 비용도 만만치 않다.

안 국장의 이해를 돕기 위해 발자취를 찾아봤다. 그의 출생은 강원도 양양 남문리다. 1928년 7월 23일생으로서 육군사관학교 8기로 군문에 들어섰다. 직접 거명을 않더라도, 그 동기들은 한 시대를 풍미했던 기라성 같은 분들이 많다. 지난 1961년 5·16 군사 쿠데타는 육사8기 주도로 성공했다. 어느 날 안 소령에게 5·16 국가재건위원회 소속 육사 8기 동기생들이 찾아와서 "혁명대열에 함께하자"고 회유했지만, "군인은 정치를 해서는 안 된다"며 일언지하에 거절했다.

1962년 11월 3일. 정부는 군 중령급 간부 23명을 총경으로 특채했다. 안병하 중령도 그 중 한 명이었다. 그는 첫 발령은 부산 중부경찰서장이다. 그 뒤, 경찰 입문한 지 9년 만(1971년)에 경무관으로 승진한다. 그의 나이 43세로 앞날이 창창했다 두 곳 경찰국장을 거쳐, 1979년 2월 20일 운명의 전남 경찰국장으로 발령받게 된다. 동년 10·26 박정희 전 대통령 서거로 인해 전두환이 중심된 신군부 세력이 호시탐탐 정권탈취를 노리다가, 사조직인 '하나회'가 주도하여 '12·12쿠데타'를 일으켜 실권을 장악했다. 온 국민이 '민주화의 봄'을 원했는데, 군사정권 연장으로 정국은 찬물을 끼얹는 분위기였다. 더불어 1980년 대학가의 시위는 격렬했다. 신군부는 5월 17일 비상계엄 확대를 선포하고, 국가보위비상대책위원회(국보위)를 설치했다. 전 대학 휴교령과 국회해산을 단행했다. 특히 광주시민들은 '계엄령 철폐와 전두환 퇴진을 요구'한 평화적인 시위를 계속했다.

5월 18일. 훈련 잘된 공수부대가 광주시내에 투입되어, 전남대학 등을 점령했다. 그들은 교내에 남아있던 대학생들을 무조건 체포했고, 항의한 학생들에게는 곤봉으로 내려쳤고, 군화발로 짓밟아서 해산시켰다. 경찰 방식과는 극명하게 대조를 이뤘다. 이때 안 국장은 경찰기동대장에게 특별지시를 내렸는데, "공격 진압보다 방어 진압을 우선하라" "시위진압 시 안전수칙을 잘 지켜라" "시위학생들에게 돌멩이를 던지지 말고, 도망가는 학생들을 뒤쫓지 말라" "죄 없는 시민들이 다치지 않도록 각별히 유의하라"였다. 특히 총기는 절대 사용하지 못하도록 했다. 경찰 지휘관들에게는 시위 진압과정에서, 결코 난폭한 언행을 삼갈 것과 뼈를 깎는 아픔도, 참기 어려운 고통도, 인내로서 극복할 것을 강조했다.

5월 20일. 금남로 1가에서 공수부대가 경찰간부를 폭행한 사건이 발생했다. 시위대에 적극 대처하지 않는다며, 나주 경찰서장을 질질 끌고 가기도 했다. 또 전남도경 모 과장은 공수부대의 과격한 진압에 항의하다, 무차별 폭행을 당해 머리가 터진 일도 있었다. 공수부대의 잔인한 진압이 이어지자 시위 군중은 자체 무장을 했다. 안 국장은 특단의 조치를 내린다. 경찰이 소지하고 있던 무기를 회수해 시 외곽으로 소개시키고 경찰봉만 소지하게 한다. 이런 사이 신군부는 사전 계획된 '광란의 학살극'을 예고했다. 경찰을 '학살의 전위대'로 삼으려고 했다. 전남도청이 시민군에 장악당한다. 5월 25일 오후 5시 30분쯤 전투교육사령부에 최규하 대통령이

방문했다. 이 자리에 이희성 계엄사령관, 김종환 내무부장관, 소준열 전교
사령관, 안병하 국장 등이 함께 했다. 최 대통령 앞에서 이 계엄사령관은
안하무인격이었다. 당시 참석자들의 증언에 따르면 이희성은 대통령 면전
에서 "경찰이 무장하고 도청을 접수하라"며 안 국장에게 버럭 소리를 질
러댔다.

안 국장은 "경찰은 시민군에 형제 가족도 있을 테고, 이웃도 있는데 경
찰이 무기를 사용할 수 없다"고 단호히 거절했다. 이에 이희성은 "저런 사
람이 전남 치안을 맡고 있는 경찰인가"라며 면박을 줬다고 한다. 공교롭게
도 두 사람은 육사 8기 동기생이었다.

그때 경찰이 시민들에게 총을 발포 했다면 어땠을까?

'국민의 생명과 재산을 보호할 경찰'이 무고한 국민을 학살했다는 오명
으로 낙인찍히고 말았을 것이다. '경찰무력진압'으로 훗날, 이를 악용해 신
군부가 쿠데타를 정당화시키려는 가탁(假託)논리일 뿐이다 하지만 서슬 퍼
런 신군부의 명령을 거부한 결과는 수많은 광주 시민들 목숨을 살렸고,
경찰명예를 사수했다. 결국 5월 25일 안 국장이 머물고 있던 경찰항공대
임시 막사에 보안사 요원들이 들이닥쳤다. 그를 서울 동빙고동 보안사령부
로 연행했다. 동시에 전남 도경국장에서 직위해제 시켰다.

이틀 뒤, 계엄사령부는 '광주사태와 관련, 전 전남 경찰국장 안병하 경
무관을 연행, 조사 중'이라고 발표했다 안 국장은 광주사태와 관련 6월 2
일까지 8일간 불법 구금상태서 죽음을 넘나드는 잔혹한 고문을 당했다.
처음에는 '부정축재 비리자'로 엮으려고 했으나 털어도 먼지 하나 없었다는
후문이다. 안 국장 6월 13일에 귀가해 가족을 만났을 때에는, 예전 모습
은 찾기 힘들 정도로 만신창이었다. 혼자말로 "죽고 싶다"는 말만 되풀이

하다가 말문을 닫아버렸다. 그가 계엄사에서 8일 동안 시간이 얼마나 가혹했을까. 짐작이 가능하다.

미망인 전임순 여사의 말에 따르면, 그날 오후 가슴이 결리고 아파해서 오후에 병원서 치료를 받았다고 한다. 하지만 정신적 충격과 육체적 고문의 후유증으로 인해 고혈압, 당뇨, 신부전증이 악화됐다. 끝내 1988년 10월 10일 내과의원서 혈액투석을 받다가 쓸쓸히 세상과 등졌다. 안 국장 유족들은 설상가상으로 극심한 생활고에 시달려야 했다. 그는 청렴했기에 국가에서 준 월급 받는 것으로 만족했다. 가족과 살고 있던 집이 유일한 재산목록 1호였다.

안 국장은 1988년 7월 29일 〈한겨레〉와의 인터뷰에서 "공수부대가 투입되지 않았다면, 광주의 비극은 결코 일어나지 않았을 것"이라고 강조했다. 또한 그는 청문회를 대비해 메모 형식의 '광주 비망록'을 준비했다. 하지만 청문회 시작 전, 운명을 달리하면서 증언대에는 서지 못했다.

그 당시 신군부는 안 국장을 근무지를 이탈하고, 진압업무에 실패한 무능한 지휘관으로 몰아갔다. 광주학살극을 야기한 희생양을 삼으려고 했지만, 그게 쉽게 꾸며질 상황이 못돼 불발됐다. 유족들은 "고인 명예만은 회복해야 한다"고 다짐하고, 밤낮으로 탄원서를 써가지고, 찾아간 정부기관들은 비협조적이었다. 또한 남편이 19년간 근무했던 치안본부도 마찬가지였다. 세상의 무관심에 또 한 번 상처 받고 그 억울함이 한이 됐다고 했다.

김대중·노무현 정부가 들어서면서 5·18에 대한 진상규명과 명예회복이 추진됐다. 안 국장이 '광주민주화유공자'로 인정받은 것은 순직한 지, 15년

(2003)만이다. 그동안 험난한 가시밭길을 걸어 온 셈이다.

다른 한편 안 국장은 2015년에 '호국인물로 선정'돼 전쟁기념관에서 헌정식을 가졌다. 이때 광주시청에서 보낸 초청장을 받고도 불참했다. 광주시의 배신감 때문이었다. 이제 바야흐로 "사람이 먼저다"는 문재인 정부의 5년의 방향성이 제시됐다. 과거 정권의 적폐를 청산하는 과정이다. 한편 올 1월 5일 모 닷컴은 '5·18 광주의 숨은 영웅 고 안병하 경무관'이라는 제하로 기사가 보도돼 공론화장으로 끌어들였다. 아울러 서울 현충원 경찰묘역에서 '제1회 안병하 경무관 추모식'을 개최했다. 이 행사에 참석한 미망인 전 여사께서는 "그동안 너무 고통스러웠다…"며 말문을 잇지 못했다.

다른 한편 경찰청도 안 국장을 '경찰영웅'으로 선정했고, 전남 지방경찰청에서는 흉상제막식도 갖게 됐다. 정부도 안병하 경무관을 치안감으로 한 계급 높여 추서했다. 이로써 그의 명예는 정상으로 회복됐다. 미망인 전 여사는 85세 고령인데도 남편을 위해 "그동안 고생은 컸지만 한 점 후회는 없다"며 "이제 죽어도 여한이 없다"고 눈시울을 적셨다. 뒤늦게나마 삼가 고인의 명복을 빈다. (2018. 5. 12)

노회찬 의원의 죽음에 대한 국민 생각

　정의당이 2012년 10월 21일 창당했다. 당색인 노란색깔이 마치 새봄을 연상시키며 포근한 감을 준다. 각 당의 색깔도 국민들 시선과 관심을 모을 수 있다고 여겨진다. 지금껏 일관되게 꾸준히 걸어온 정의당은 야당의 주장보다는 여당의 정책에 따르는 모습을 보여 왔다. 하지만 정부의 잘못된 정책은 비판하고, 좋은 것은 지지한 정당으로써 그 지지율 꾸준히 상승세를 타고 있다. 사실상 정의당은 나이로 말하면 5살로 꼬마정당이다. 하지만 국회에 있는 정당 중, 가장 오래된 당명을 가진 정당이다. 아시다시피 우리나라 정당은 이합집산이 너무 쉽게 이뤄진다. 어제의 한국당이 바른정당과 자유한국당이 되었다가, 내일은 또 국민의당과 바른정당이 된다는 것이다. 또한 한때 자유한국당과 국민의당은 서로 반대편 끝에 서있는 정당이다.

　전자는 2016년 겨울에 박 대통령은 최초 여성대통령이 불쌍하니 죽어도 탄핵 안 된다, 그런데 왜 구속하냐며 싸웠고, 후자는 부정부패하고 무능한 대통령은 반드시 탄핵되어야 한다고 주장했던 정당이다. 그럼에도 두 당은 자신들의 이익을 위해 끝내 당을 합쳤다. 참으로 기가 찰 일이다. 그런데 유권자들은 아무 생각 없이 자신의 소중한 한 표를 가치 없게 던짐으로써 정치발전을 더디게 만들고 스스로 바보가 된다.

　실제 국민의 신뢰와 존경을 받는 국회의원이 몇 분이나 될까. 이런 가운데 국민 다수가 '서민을 위하고 정의로운 인물'로 노회찬 의원으로 손꼽았다. 그는 늘 양심의 거울로 살아왔고 정치인의 모범을 보여 왔다. 한편으로 특검에서 노 의원이 드루킹으로부터 강연대가로 4천만 원을 받은 혐의를 받고 수사 진행 중 7월 23일 오전 모친의 아파트에서 투신자살했다. 참으로 안타깝고 비통할 일이다. 그의 유서에는 "경공모에 두 차례 걸쳐 4천만 원 받아 다수 회원들의 자발적 모금이었기에 정상적 절차 밟아야했는데 그리 못해 정의당과 나를 아껴주신 분들께 죄송하다" "사랑하는 당원들에게 마지막으로 당부한다. 나는 여기서 멈추지만 당은 당당히 앞으로 나아가길 바란다."라고 남겼다. 끝으로 국민들에게 "모든 허물은 제 탓이니 저를 벌하여 주시고, 정의당은 계속 아껴주시길 당부 드립니다"라고 말을 남겼다. 이처럼 양심적인 고민과 자신의 일에 반성과 후회한 의원이 아직껏 없었다. 일각선 그의 주검을 두고 70억을 횡령하고도 방탄 국회를 열어 구속집행을 면하게 하고, 현재 불구속 상태로 재판받고 있는 모당 H의원도 있는데, 강연해준 대가로 받은 금액이 너무 많았던지 고민하다가 극단의 선택을 한 노 의원의 비보에 놀라고 비통해하면서 사흘째 이어진 조문객이 인산인해를 이뤘다.

그는 고대 정외과를 졸업하고, 1982년 용접 기술을 배워 노동자로 생활하다가 1989년 인천지역민주노동자연맹 사건으로 구속돼 3년 옥살이도 했다. 노동운동가로 활동하다가 제17·19·20대 국회의원을 역임하였다. 2013년 삼성X파일(삼성그룹으로부터 떡값을 받은 검사 7인 명단 공개) 사건으로 의원직을 박탈당했다가 2016년 20대 총선에서 창원시를 지역구로 삼아 출마 당선되었다. 국민 대다수는 훌륭한 정치인을 잃었다고 애통해하며 추모했다. 또 정부 고위각료와 여야 정치인들도 그의 죽음을 슬퍼했다. 또 한편 여론조사 기관 리얼미터가 CBS 의뢰로 지난 23~27일 전국 성인 2천504

명을 대상으로 실시한 설문조사 결과, 민주당이 44.0% 한국당 18.6% 정의당 12.5% 바른미래 7.0% 민주 평화당 2.9%로 나타났다. 게다가 노 의원이 떠난 지난 23일 이후 정의당으로 당원 가입과 후원금 납부가 증가하고 있는 실정이다. 노 의원이 못다 이룬 꿈을 정의당에서 꽃을 피어보려는 국민들의 바람이 묻어나는 현상이다.

그는 27일 오후 4시쯤 경기도 남양주시 모란공원에 영면하였다. 향후 정의당은 지도부에 각계각층 유능하고 청렴한 인사를 제대로 검증하여 10여 명이상 영입하면 '국민 지지도는 하늘 높은 줄 모르게 솟구칠 것이다' 라는 전망이 나온다. 반면 노 의원 사망관련 홍준표 전 의원은 페북에 올린 글을 통해 "그 어떤 경우라도 자살이 미화되는 세상은 정상적인 사회가 아니다"라며 최근 애도 분위기를 문제 삼았다. 또 "잘못을 했으면 그에 상응하는 벌을 받아 들여야 하는 것이지 그것을 회피하기 위해서 자살을 택한다는 것은 또 다른 책임회피에 불과하다"며 날선 비판을 덧붙였다.

이에 각 정당 비판과 네티즌들로부터 거센 항의를 받자 다시 "한국이 맞는 말도 막말이라고 하는 괴벨스 공화국으로 변하고 있다"라고 했다. 또 성애가 차지 않았던지 29일에는 "좌파가 말하면 촌철살인이고 우파가 말하면 막말이냐"고 재반박했다. 일각에서는 홍 전 대표를 공감능력이 부족하다는 비난이 쏟아진 가운데 정의당 최석 대변인은 "홍 전 대표 어록에 노회찬 원내대표의 마지막 가시는 길에 '자살을 미화하는 사회 풍토가 비정상'이라며 막말을 하나 더 얹었다"며 비판했다. (2018. 7. 28)

오기와 심술정치, 이제 그만

어제(5월 14일) 국회는 45일 만에 빗장을 풀고 지방선거 출마의원 4명의 사직서를 처리한 것은 다행스런 일이다. 오는 18일 본회의를 열어 '드루킹 댓글조작 특검'과 '추가경정예산안'을 처리키로 합의했다. 하지만 국민들이 국회를 바라보는 시선은 곱지 않다. 국민은 뒷전이고, 오직 당리당략에 집착하다가도, 세비만큼은 어김없이 매월 1,320만 원을 수령해간다.

한편 정세균 국회의장은 국회 공전의 일말의 책임감을 느끼고, 4월 세비를 반납했다. 이에 한국당 모 의원께서는 '쇼'라고 비하했다. 선의로 이해않고 부정적인 인식을 갖는 것은 '야로여불'의 어두운 정치문화인 것 같다. 또 한편 국회 공전의 책임을 두고 '진보보수언론'은 입이라도 맞춘 듯, 여야를 싸잡아 양비론으로 비판했지만, 필자는 달리 보수야당에 책임의 무게를 두고 싶다. 주지하다시피, 문재인 정부 1년 내내 '반대를 위한 반대, 국정발목잡기, 바쁜 장관들 불러들여 망신주기' 등 견원지간처럼 서로 마주치면 쌈박질한다. 정말 볼썽사나운 풍경이다.

일각선 하루 빨리 총선일이 다가오든지, 국회를 해산하고 다시 선거하자는 목소리가 고개를 들고 있다. 오죽이나 답답하면 이런 생각까지 지필까. 문 정부는 '공정 평등 정의'의 깃발을 들고 출발했다. 따라서 과거 정권의 적폐를 청산함으로써 국민의 뜨거운 환영받으면서 지지도가 급등하였다. 사실상 새 시대의 새로운 역사를 쓰고 있다. 그렇지만 보수야당들의 오기와 심술은 우려할 만큼 심각하다. 정부가 추진한 정책마다 딴지를 거는 게 예사롭지 않다.

그뿐이 아니다. '이명박근혜' 정권의 실정에 대해 거짓해명하고 덮는데 부역했던 야당은 죄의식이 전혀 없는 것 같다. 참으로 기가 차고 소름 돋는다. 실제 '이명박근혜' 정권은 국민에게 잃어버린 10년이다. 오만한 권력은 안보 외교 내치 등 어느 하나도 제대로 된 게 없다고 국민은 냉정하게 등을 돌렸다. 그럼에도 한국당에서는 일말의 반성은커녕, 정부 여당의 발목만 잡는 행태야 말로 국민을 우롱하고 무시한 처사가 아닌가. 아직도 그들은 과거 권위주의 인식에서 깨어나지 못하고 있다.

한국당서 배출된 두 전직 대통령이 부정부패로 감옥에 있는 것을 두고도 정치보복이라고 침을 튀긴다. 그렇다고 국가를 사유화하고, 온갖 범죄행위를 그냥 묻고 가자는 것인지 되묻고 싶다.

어디 그뿐만 아니다. 한국당은 '적폐청산'을 '정치보복'으로 의미를 달리한다. 전자는 부정부패한 범죄행위를 정당한 법 절차에 따라 수사하여 처벌한 것이다. 반면 정치보복은 국가권력을 쥔 집권당서 자신들이 불리해진 정치적 입장을 회복하기 위해 죄 없는 상대 정적들을 불법적으로 체포한다. 그리하여 고문조작으로 엉뚱한 죄명을 씌어 범죄자로 만들어 감옥에 가두거나, 제거하는 사전에 기획된 정치적 음모행위다. 그런데도 거짓과 왜곡으로 '이명박근혜'를 옹호하는데 힘을 보탰다.

다른 한편 문 정부는 한반도의 '평화와 번영'을 위해 불철주야 혼신을 다하고 있는 마당에 홍 대표는 '가짜평화쇼'라며 찬물을 끼얹는 언행으로 국정에 재 뿌리는 행위는 도를 넘어서고 있다고 입을 모은다. 또한 '드루킹 댓글 조작' 사건도 경찰서 공정한 수사를 통해 실체적 진실을 밝히고 있는

데도 특검만 주장하는 게 능사가 아니다. 특검은 수사가 미진하거나 제대로 안 될 경우, 주장해야 설득력을 얻게 된다.

　유감스럽게도 특검법 만든 이래, 12건 중 제대로 밝힌 사안은 2건에 불과하다. 이처럼 초라한 결과로 빈손특검이라는 지적이 나왔다. 걸핏하면 특검 운운은 불신과 갈등만 부추긴다.

　한편 홍 대표의 빨갱이 타령에 국민들은 지겹다고 고개를 젓는다. 홀로 빨갱이에 심취해 있는 것 같다. 더 이상 오기심술의 정치를 접길 바라다는 여론이 높다. 지금 국민들은 정치지형에 건강한 변화의 열망이 가득하다. 이런 열망에 부응 못하면, 야당은 민심으로부터 더욱 멀어지게 될 것이다. 좀 더 진보적인 생각으로 성숙되길 바란다. (2018. 5. 15)

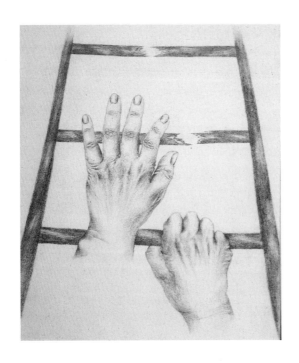

2부

불운한 정치인, DJ를 회상 한다

정치인을 바라보는 사람들의 관점은 총론적으로는 일치하지만, 각론에 들어가면 '진영논리와 지역정서'에서 묻어난 지지도는 딴판으로 흐르는 오류가 생겨납니다. 그래서 정치 후진성을 면치 못한 채, 강대국의 틈새에서 이리치고 저리치어 현실적으로 한민족은 나약하고 부끄러운 존재감에 대한 상실감이 큽니다. 이승만 초대 대통령 이래, 지금껏 배출된 역대 대통령 12명 중, 정치인 DJ처럼 군사정권에서 숱한 탄압과 박해를 받았지만, 평생 독재와 불의에 타협하지 않고, 불굴의 의지와 신념으로 일관해 온 정치인이 어디에도 없었습니다. 그래서 DJ를 생각할수록 마음이 짠해지고 아픔이 밀려옵니다. 알다시피 군사정권에 의해, 3번이나 죽을 고비를 넘긴 불운한 인물로서 후일 역사는 그의 위업을 올바르게 평가할 것이며, 후대의 존경받는 정치인으로 되살아날 것입니다.

잠깐 필자의 기억을 꺼내, 그의 생애 일부분을 묘사해 보겠습니다. 그는 남단의 항구도시 앞에 위치한 하이도의 섬마을서 태어나서, 12살 때 목포로 나와 북초등학교서 수석으로 졸업했고, 또 당시 전국 10대 명문 중의 하나였던 목포상고에 수석으로 입학, 수석으로 졸업했습니다. 그리하여 일제의 학병으로 끌려가기 싫어서 대학진학을 포기하고 한 해운회사에 취직해 노하우를 익힌 뒤, 직접 경영해 사업이 번창하여 20대 젊은 나이에 당시 지방지로서는 남북한 통 털어 최초로 창간된 목포일보 사장에 취임하기도 했습니다. 이하생략…

이번 '7·27 남북 정상회담' 이래 더욱 그리워지고, 생각나는 불운한 정치인이었던 DJ가 새삼스레 떠오른 까닭은 이렇습니다. 그는 독재정권에 의해, 빨갱이로 주홍 글씨가 붙여졌고, 모진 탄압 때도 정치의 미련을 버리지 않았던 이유는 한마디로 '남북화해와 통일' 때문이었습니다. 하지만 집권 기간이 짧았고, 우리 사회에 짙게 드리운 박정희의 그림자 때문에 크게 호응을 받지 못했습니다. 분명한 것은 남북 화해의 첫 단추는 DJ가 끼웠다는 사실에 부정한 사람은 하나도 없을 겁니다.

이제 비로소 그가 처음으로 묻었던 '남북통일의 씨앗'은 썩지 않고, 노무현으로 이어져, 문 대통령께서 '2018년 새봄'에 '향기 짙고 아름다운 꽃으로 피어냈습니다.' 더불어 열매까지 맺었으면 하는 간절한 생각이 굴뚝같습니다. 저뿐만이 아니라고 봅니다. 아쉽게도 우리 국민들은 망각증후군은 심각합니다. 며칠 전 기억도 곧 잃어버린 게 됩니다. 필자 역시 생리적은 나이는 고희가 바로 지났지만, 누구나가 나이 들면 '독선과 몽니'가 생겨나서, 가족으로부터도 왕따로 치부되는 경우가 비일비재합니다. 이런 화두를 꺼낸 것은 암울했던 70년대 유신시절을 돌이켜보고, 새로운 것을 얻기 위함입니다. 온고지신이란 의미가 담겨있습니다.

당시 유신헌법에 대해서 대다수 노인네들은 이해가 부족합니다. 간단이 설명하면, 국민의 참정권을 박탈시켜, 정부에 협조적인 선거인단을 뽑아 체육관서 대통령을 선출하기 위한 장치였습니다. 그것은 집권당의 세습만을 허용할 뿐, 야당이 집권할 수 있는 길을 차단한 비민주적인 제도였고 독재정권의 연장이었습니다. 그들의 해괴한 논리는 직선제를 실시하면, '극심한 안보논쟁'으로 국론을 분열시키고, '지역감정이 격화'될 우려가 있다는 '아전인수격'인 홍보 그 자체로 국민을 얕잡아보고 우롱한 정치적 술수에 불과했습니다. 이제는 이런 핫바지 시대는 지나갔습니다. 그런데도 옛 향수에 젖어있는 극우단체들의 그릇된 "외교안보"를 집요하게 물고 늘어지고 있습니다. 더불어 한국당를 신줏단지 모시듯 하면서, 부창부수하는 그들의 과거 역사로 회귀하는 퇴행행위는 통일조국의 가는 길에 큰 장애가 될 뿐입니다.

하지만 2, 40대 젊은 세대가 정치인식이 높아져, 그나마 다행이고 미래의 에너지입니다. 따라서 올바르게 가고 있는 문재인 정부를 적극 지지하고 있습니다. 따라서 더 큰 풍요와 행복을 만끽하게 될 것이고, 또 한겨레의 소원인 통일조국이 눈앞에 우뚝 설 그날도 머지않았다고 봅니다. DJ께서 1971년 장충단 공원에서 사자후를 토해내던 연설의 한 부분입니다. "정의가 강물처럼 흐르고, 자유가 들꽃처럼 만발하며 통일로 가는 희망의 무지개같이 떠오르는 나라, 하지만 민주주의를 향한 우리의 여정은 여전히 고단하다"고 했습니다. (2018. 5. 1)

'5·18민주화운동', 여야의 시각 차이

38년 전, 전두환 장군이 박정희 전 대통령의 시해로 인한 권력 공백을 차지하기 위해, 정치일정을 밝히지 않아, 80년 정국을 '춘내불사춘(春來不似春)'이라고 표현했다. 즉 '봄은 봄인데 봄 같지 않다'는 것이다. 그즈음에 광주시민들의 강한 민주화 열망이 전국적으로 확산될 때, 당황한 신군부는 완전무장한 병력을 광주시에 배치했다. 당시 공수부대 대원들은 상부의 작전명령이 떨어지자 곧 전쟁을 수행하듯 무자비하게 시민을 향해 방아쇠를 당겼다. 그 순간 전남도청 앞 광장은 피바다가 됐다.

이 끔찍한 사태는 6·25전쟁 다음 가는 한민족의 참극이었다고 역사는 기록하고 있다. 세계인들도 광주시민 안위를 걱정했고 함께 울었다. 하지만 이런 학살극을 보고도 슬픈 감정이 없고 분노하지 않는다면 단군의 후예라고 말할 수 있을까. 사실상 민주화를 위해 하나밖에 없는 생명을 바친 희생정신에 대해 여야가 해석을 달리하고 있다. 여당인 민주당은 "광주민주화운동"이라고 규정하면서, 해마다 5월이 오면, '광주 민주화 묘역'을 찾아, 그분들에게 참배하고 추모행사를 한다.

반면 한국당은 결이 다르다. '광주시민의 폭동'이라는 인식의 궤를 같이하고 있다. 그 이유는 자명하다. 전두환 정권은 한국당과 한 뿌리이기 때문이다. 이런 역사적 범죄를 짓고도 정치세력이 남아 있다는 게 이상할 정도다. 자유민주주의를 수호하고 같은 하늘아래 살고 있는 시민에게 총질을 한다는 게 도저히 용서가 안 될 일임에도 한국서만 가능한 일이다.

하지만 여태껏 전두환은 대국민성명도, 한마디 사과도 들어 본 적 없다. 되레 왕처럼 떠받드는 일부 추종자들과 부역자들이 비호 아래 건재를 과시하고 있다. 사실 정의와 애민을 가진 다수의 힘이 한곳에 집중되어 학살의 책임을 다시 물어야 마땅하다. 그래야 광주시민의 아픔이 다소나마 치유될 것이고, 망자에 대한 각별한 예우일 것이다. 한편 지난 10일자 K신문이 국방부가 1985년 7월에 펴낸 『광주사태의 실상』 책자를 입수해 살펴본 결과를 기사화했다. 그 속에 '광주민주화 3대 왜곡' 내용이 고스란히 담겨 있다. 사실상 신군부세력이 광주시민에게 책임을 계획적으로 전가한 것이다. 이른바 3대 왜곡은 '북한군개입' '계엄군 집단발포 부정' '무장폭도 만행'이다. 지금도 '5·18광주민주화항쟁'의 왜곡은 진행 중이다. 다시 한국당이 집권하면 이런 3대 왜곡은 부활할 것이다.

현 정권의 힘이 느슨해지면, 극우파들은 '광주민주화항쟁'을 폄훼하고 우롱하고 나설 것이다. 이런 자들을 처벌할 특별법을 입법화해야 한다. 당시 피해 상황은 '사망자 166명, 행불자 54명, 상이 후유증 사망자 376명, 부상자 3,139명'으로 밝혀졌다. 억울한 죽음에 대한 유가족은 평생을 슬픔과 아픔을 안고서 살아간다. 광주민주화운동에 보수야당과 특정 지역 정서가 거부감을 가져서도 안 되고, 가볍게 볼 문제는 절대 아니다. 현대사 중에 6·25한국전쟁 다음으로 큰 정변이고 참사이다.

한국인이라면 공분을 느껴야 한다. 나는 "한국당원이다. 또 지지자이다. 그래서 '광주 민주화 운동'은 폭도들이 일으킨 반란이다"라는 위험한 인식은 버려야 한다. 한국당도 과거 잘못된 일을 반성하고, 해결하려는 진지한 노력과 가짜 보수에서 합리적인 보수로의 전환 등 새로운 전략 없이는 민심은 돌아오지 않을 것이다.

지난해 촛불혁명서 보여주었듯이 시민의식은 높아가고, 요구는 커져 가는데, 그릇은 작고, 몽나나 부리고 떼를 쓴다면 만사불통이 된다. 여당과의 협치가 그 어느 때보다 필요하다.

다른 한편 '이명박근혜정권'에서 역대 최장수 보훈처장을 지낸 박승춘은 재임 내내 보훈처를 이념 대결의 도구로 전락시켰다. 그는 기념식장서 '님을 위한 행진곡'을 못 부르게 하는 등 논란만 지폈다. '나만 옳고 너는 틀리다'는 이분법적 사고방식이 국민 분열과 독재자를 만든다. 나만이 나라에 충성한다는 한 사람의 비틀어진 사고가 국가의 재앙을 키운다. 자유민주주의는 다수결원칙이다. (2018. 5. 14)

똑똑해진 국민이 정치문화를 바꿔야 한다

이젠 바야흐로 통치자의 우상화 시대는 퇴색되어 간다. 거짓과 위선으로 '정치 쇼'에 능한 정치꾼의 음모 시대도 점차적으로 사라질 것이다. 오직 재물에 탐욕 없고, '나라와 국민을 위해 헌신적인 지도자'만을 국민들의 신임과 존경을 받게 될 새로운 시대가 오고 있다. 여태껏 우리나라 정치 상황은 국민들마저 진영논리에 매몰되어 자신 지역출신으로 특정 정당만을 지지해 왔다. 따라서 대통령 후보자의 흠의 유무도 따지지 않았다. 그뿐만 아니라 어떤 가치관과 인생관 정치관을 가지고 있는 점도 제대로 검증하지 못했다.

일단 당선되면 제왕적 대통령으로 군림하면서 권력을 좌지우지했다. 그 부작용으로 국가 발전을 후퇴했고 국민 분열을 심화시켰다. 특히 '이명박 근혜'의 9년의 시간을 뼈아프게 경험하고, 지난해 19대 대선 때, 촛불 혁명으로 민주당의 문재인 후보를 현명하게 선택하여 1년도 안 된 시점에서, 평창 올림픽을 성공적으로 마무리하고, 이어서 남북 현안 문제를 해결하기 위해 지난 5일 북한에 특사를 보내서 엄청난 성과를 얻어냈다. 한때 군사옵션을 거론했던 미국 트럼프 대통령도 김정은과 정상회담의 의지를 밝힘으로써, 한반도 위기는 대화로 풀게 되어, 또다시 '햇볕정책'의 효과가 입증됐다.

어제 문 대통령께서 이제 한반도에 '비핵화와 평화 공존의 시대가 열리고 있다'라고 선언했다. 이에 전 세계가 놀라워하면서 환영과 지지를 보내주었다. 아울러 국민 대다수도 '한편의 휴먼 드라마를 보고 있는 것 같다' 라며, 손뼉 치며 성원을 보내 지지율이 70%로 급상승했다. 반면 한국당 홍 대표는 "북한, 전혀 새로울 것 없다." "정치 쇼를 하고 있다"라고 깎아내 렸고, 바른당 유승민은 "역사적 사건"이라고 환영의 멘트를 했다.

사실상 안보 문제는 현 한국당의 '전가의 보도'처럼 지속적으로 활용해 왔고, 지금도 안보장사는 계속하고 있다. 전 정권 동안 대북관계는 살벌한 기세로 날을 세워, 국민을 불안과 공포감을 느끼게 했고, 하루아침에 공 들여 세운 개성공단마저 독단적으로 폐쇄시켜 소기업인의 피눈물을 흘리 게 했다.

그나저나 과거 두 분의 대통령 중, 박 전 대통령은 영어의 몸이 되었고, 또 이 대통령은 오는 14일 검찰의 포트 라인에 서게 된다, 뇌물 액수가 400억대로 밝혀져 구속영장이 청구될 것으로 관측되고 있다. 하지만 과 거 군부독재처럼 법원의 영장 없이 체포하여 강제수사와 고문으로 허위자 백을 받는 시절이 아니다. 피의자가 검찰에 출석해 조사를 받게 되면 피의 자 옆에 변호사가 입회하고 있어 새빨간 거짓말을 해도 쓴 소리 한마디도 못한다. 언론을 통해 이미 국민들은 두 전 대통령들의 범죄행위는 훤히 다 알고 있다. 참으로 부끄럽고 가슴 아픈 일이다. 돌이켜 보면 이 전 대통 령은 국책사업을 한답시고 국민 반대 여론에도 불구하고 '4대 강 사업, 자 원외교 방위사업' 등을 독단적으로 추진한 정책으로써, 국고 손실을 초래 했고, 18대 대선에 국기를 뒤흔든 댓글 선거개입을 하여 민주주의로 후퇴 시킴으로 인해 민심 이반을 불러왔다.

알다시피 정치인들의 공통점은 대체로 거짓말을 잘한다. 독직 혐의로 검찰에 소환되어 포토라인에 서면 으레 '하늘을 우러러 한 점 부끄럼이 없다'라고 한 마디를 꼭 남긴다. 최경환 한국당 의원은 2014년 10월 경제부총리로 있을 때, 대가성 있는 1억 원을 국정원으로부터 받고도 '자신이 받은 사실이 없다면서, 만일 받았다면 "대구 역전 앞에서 할복하겠다"고 큰소리쳤으나, 결국 검찰 수사에서 혐의가 소명돼 구속됐다.

이렇듯 '이명박근혜' 전 대통령 두 분께서도 범죄의 증거가 차고 넘치는데도 "모르쇠로 일관하면서 정치보복이다"라고 주장하고 있으나, 그 귀추가 주목된다. 이런 성공하지 못한 정치인을 지지하고 선택한 국민도, 그 책임으로부터 자유로울 수는 없다고 본다. 대통령은 한 나라 통치자이지, 어느 특정지역 도지사쯤으로 여기는 것은 정말로 어리석은 사람이다.

오랫동안 경제는 침체의 늪에서 허우적거렸고, 되레 나라 빚만 산더미처럼 만들어 놓았지 않는가? DJ정부 73조 5천억보다 3배인 박근혜 정부 4년간 216조 3천억으로 정부 부채의 증가속도는 압도적으로 가파른 것으로 나타났다(2014년 10월 새누리당 이한구 국정감사 질의자료 참조). 이제 똑똑해진 우리 국민은 인식의 대전환이 필요하다. 그래야 번영과 평화 속에서 행복한 국민의 삶을 향유할 수 있다. 향후 6·13선거와 21대 총선에도 올바른 선택으로 나라다운 나라를 세워야 한다. 또다시 나라발전을 후퇴시킨 공범자 또는 부역자가 되지 말아야 한다.

어느 정당이 '독재이고 부정부패가 많고 반민주 세력이며 친일파'인지를 선택 기준으로 삼고, 또 지역분열을 조장하고, '막말과 궤변의 정치인'은 여야를 불문하고, 국회에 입성을 할 수 없게 나의 귀중한 한 표를 값어치 있게 행사하시길 간절히 당부 드린다. (2018. 3. 10)

MB의 '모조리 모른다'에 더 커진 국민 분노

MB가 1995년에 출간한 『신화는 없다』 제목의 자서전 속에는 일본에 '군사정권 굴욕적 외교 반대' 시위로 인해 내란선동죄로 6개월간 복역했다고 술회하고 있다. 또 17대 한나라당 대선후보 경선 시, 박근혜 전 대통령은 MB는 14범 전과자라고 폭로했다. 물론 현대 건설회사에서 27년간 근무했기에 주로 건축법 위반이었을 거로 추정이 가능하다. 그 당시에 언론이나 국민들도 MB의 이런 전과는 가벼운 범죄라고 치부되고 문제를 삼지 않았다. 따라서 17대 대선은 총 투표자는 2,373만 2,854명으로 투표율이 63%에 그쳐 11차례의 대통령선거 가운데 최저치를 기록하였다. 투표 결과는 한나라당 후보 이명박이 1149만 2389표를 얻어 득표율 48.7%로 당선되었다. 2008년 2월 25일 취임식이 거행됐다. 이후 동년 4월 중순부터 8월 중순에 걸쳐 '한미 FTA' 관련 쇠고기 통상 협상에서, '광우병 의혹'이 언론에 보도되자, 진보 좌파 시민단체 등 중심으로 쇠고기를 수입할 수 없다며, 3개월 동안 집회가 계속되어 잠시간 정치적 시련을 겪기도 했다.

그래서일까. 원세훈 국정원장을 임명하여 좌파 척결에 대한 '올인'한 것으로 여겨진다. 알다시피 앞의 대통령에 대해 정치보복을 감행했다. MB정부는 출범 초부터 노무현 부정부패를 수사했다. 자존감이 센 그는 심적 압박감으로 자살을 선택했을 거로 판단한다. MB는 노무현 자살 사건으로부터 자유로울 수 있을까.

또한 DJ비자금 조사를 위해 '데이비슨 프로젝트'란 공작계획을 세워 미국까지 나가 원정 조사했으나 한 푼도 발견 못했다. 그뿐만 아니다. 보수 단체인 '자유주의 진보연합'에 예산을 지원해 'DJ 노벨상 취소 요청'을 '노벨상 위원회'에 보냈다. 어디 그뿐인가. '어버이연합' 등은 'DJ의 묘를 파헤치는 퍼포먼스'를 기습적으로 단행했다. 참으로 천인공노할 악행은 부끄럽고 경악스러운 일이다.

한편 MB자신은 교회장로이기 때문에 깨끗하다고 언급하여 돈 한 푼 받은 사실이 없다고 한다. 이에 국민들은 화를 냈고, 정치권에서는 엄정수사를 촉구했다. MB 측근들은 소환 하루 전, 느닷없이 "MB는 재산을 국가에 환원했다"고 발표하고, "돈 문제로 변호인단 구성에 어려움 겪고" 있다고도 주장했다. 국민을 바보로 알고 조롱하는가? 정말로 소가 웃을 일이다. 하지만 자택을 찾은 측근들에게 "돈 받지 않으려 노력했는데…" "가능하다면 부정한 돈을 쓰지 않으려 했는데…" "결과적으로 이렇게 된 것에 대해 성찰의 계기가 된 것 같다"고도 했다. 사실상 범죄를 고백한 거나 다름없다. 그러면서도 정치보복이라고 주장한 게 되레 국민 실망과 불신을 자초하는 결과가 되었다.

결국 만시지탄 감은 있지만, 검찰 수사결과 MB의 개인비리는 110억 원대 뇌물 수수 횡령을 밝혀져, 소환을 받고 어제(3월 14일 09시 반) 서울 지방검찰청 포토라인에서 "국민에게 죄송, 말을 아끼겠다"라고 다짐, "역사에서 마지막 되길… 등" 입장문만 읽고 난 뒤, 검찰청사 속으로 모습을 감췄다. MB는 전직 대통령에 대한 예우를 갖춘 '황제 수사'는 21시간 동안 진행됐다. 네 명의 변호사가 번갈아 가면서 옆자리서 지켰고, 검사의 질문에 MB는 "난 모른다, 설령 있었더라도 실무선에서 한 일"이라고 딱 잡아뗐다. 그렇지만 현재 부정한 돈을 받아 전달해 준 측근들은 구속되어, 재판을 받고 있는 중임에도 죄책감을 못 느끼고 있는 것 같다.

특히 '성골 집사'로 MB 돈 관리 맡고, 청와대 부속실장까지 지낸 핵심인 김희중도 돈을 받아 전했다는 불리한 증언들을 했다. 또 MB '분신'으로 불렸던 전 청와대 총무기획관은 김백준도 "국정원 특수활동비를 받아 전달했다"라며 진술한 점 등 증거는 차고 넘친다. MB는 오늘 아침(3월 15일) 검찰청을 빠져나와 무거운 발걸음으로 집으로 돌아왔다. 물론 만감이 교차했을 것이다. MB는 측근들에게 "조사 잘 대처했다, 걱정 말라"라고 여유를 보였다. 하지만 국민 여론은 냉담했다. "시인할 것은 시인하고, 부정할 것은 부정해야 되는데, 모조리 잡아뗐다"라며 분노와 탄식이 터져 나왔다.

또한 법조계에서는 뇌물죄만 놓고 보면 박근혜보다 죄질이 더 나쁘다고 평가한다. 혹자는 만일 '거짓말 대회'가 있다면 '금메달감이다'라며 뼈 있는 한마디를 쏟아냈다. 이처럼 특정 정당에서 배출된 대통령이 4명이나 구속됐음에도, 우리 정치 현실에서 살아남아, 대대로 세습되고 있다는 게 신기할 뿐이라고 했다. 그냥 웃고만 넘길 말은 아니다. (2018. 3. 15)

박원순 서울시장, 공수래공수거였다

박 시장 죽음을 두고 정쟁의 도구로 삼아 분란을 조장하면서 국민 분열을 키우고 있는 형국이다. 아무리 큰 죄를 지었더라도 죽음 앞에서는 숙연해지고 안타까운 마음으로 고인의 명복을 비는 게 인지상정이다. 박 시장의 분향소 앞에서는 정체성을 알 수 없는 단체들이 기자회견을 열고 온갖 비난을 쏟아 붓고, 조롱하는 모습을 보면서 쓸쓸한 감정을 감출 수가 없다. 7월 8일 전 비서였던 A씨가 4년 전 박 시장을 위계에 의한 성추행을 했다고 서울지방경찰청에 고소장이 접수했다는 소식을 인지하고 나서, 향후 정치적 공격에 대해 심각히 고민했을 것이다.

그는 다음날 홀연히 산행차림으로 공관을 떠나 스스로 목숨을 끊었다는 게 전후 맥락이다. 예상했듯이 야당과 극우단체에서는 박 시장 죽음을 둘러싸고 성범죄자로 낙인찍어 맹비난을 쏟아냈다. 게다가 해묵은 아들 병역비리 의혹까지 다시 꺼내 물었다. 한편 '사준모(사법시험준비모임)'에서는 조국 교수, 정경심 교수, 최강욱 전 정와대비서관, 검언유착 채널A제보자, 윤미향 당선인, 조국 딸 관련 고려대 총장, 추미애 법무부장관, 유은혜 교육부장관, 조희연 교육감, 이해찬 대표… 등 고소고발을 광적으로 남발하고 있어, 이에 따른 어떤 기준을 만들어야 한다는 주장도 나오고 있다. 혹자는 사준모와 법세련(법치주의 바로세우기 행동연대)에서는 진보인사 혹은 진보단체만을 대상으로 고소고발을 밥 먹듯 하고 있다. 그들 중 한 명이 나와서 부정확한 비리사건을 의혹수준으로 제기하면, 언론이 받아 적고, 보수

지지자 유튜버들이 서로 전파시키고, 검찰이 바로 총알같이 수사에 착수한다는 점을 지적을 하면서 정치공작냄새가 진하게 난다고 했다. 두 단체는 같은 인물들로 구성되어 단체 명의만 바꿔가면서 고발 질을 지속한다고 일부 언론에서도 지적하고 있다. 누가 뒷배인지는 이미 알려졌다고 덧붙이고 있다.

다른 한편 인간 생명보다 더 소중한 게 어디 있겠는가. 실로 박 시장의 유서에 내용은 이렇다. "내 삶에서 함께 해주신 모든 분들에게 감사드린다며, 오직 고통밖에 주지 못한 가족에게 내내 미안하다. 이어 화장해서 부모님 산소에 뿌려 달라 모두 안녕."이라고 썼다. 그는 이제 보고 싶어도 볼 수 없고 만나고 싶어도 만날 수 없다. 박 시장은 3선 고지에 오르며 유력한 차기 대선 주자로 꼽혔지만 그의 죽음과 함께 정치인생도 막을 내렸다. 그는 "진보적 사회운동가였고 정치인으로서 이 땅에 민주주의, 자연환경의 중요성, 사회적 약자에 대한 배려의 철학 등을 실천한 인물이다."라고 평가하고 있다.

특히 박 시장은 차도 없고 집 한 채도 소유하지 않았다. 빚 8억4천만을 지고 이승을 떠났다. 혹자는 과거 "어느 통치자께서는 수 명에게 성폭행을 저지르고도 영웅 취급 받고 있는 것과 달리, 비교해보면 억울하고 참담하다"라고 언급하면서, 아무런 변명도 없이 자살로 마무리한 것은 떳떳하지 못한 일이라고 뼈 때린 지적도 했다. 또 국가 재산을 수억 원을 자신의 재산에 보태고도, 아무렇지 않다는 전직 대통령과 비교하면, 박 시장에게 누가 돌을 던지겠는가. 불현 듯 중국 사마천의 생사관이 떠오른다. "우리 인간은 다 죽는다. 어떤 이의 죽음은 새털처럼 가볍고, 어떤 이의 죽음은 태산보다 무겁다."고 했다. (2020.)

홍 대표의 막말과 색깔론

동아 새국어사전(펴낸이: 양성모. 펴낸 곳: 두산동아)에 막말의 의미는 이렇다. '함부로 지껄이는 말. 속되게 마구잡이로 한말'로 규정돼 있다. 필자가 이 단어를 일부러 찾아본 것은 한국당 대표 홍준표가 뱉는 말이 막말인가 아닌가를 알기 위함이다. 홍 대표는 근래에 보기 드문 독특한 리더십을 가진 정치인이다. 그가 가는 곳마다 막말을 해대도 밉지가 않다는 지지자들의 반응도 흥미롭다. 어떤 이는 쾌감마저 느낀다고 한다. 이게 사회 병리현상 아닌가. 때론 같은 당에 의원에게도 거침없이 막말을 퍼붓는다. 그래서 일까. '리틀 트럼프'란 별명도 얻은 것 같다. 하지만 그의 막말은 찬찬히 뜯어보면 동일 사안을 바라보는 시각이 어제 다르고 오늘 다르다. 실제로 자신의 필요에 따라 달라진다. 그 사례를 하나 찾아보면, 지난해 홍 대표는 "박근혜는 춘향이 아니고 향단이다" "탄핵 당해도 싸다"고 했다. 올해는 "국민의 사랑을 받았던 공주를 마녀로 만들어 버렸다"며 180도로 뒤집힌다. 일각에선 "박 전 대통령을 출당시킬 때는 언제고, 왜 또 이제 와서 박 전 대통령을 감싸는지 얼토당토않은 분이다"며 참으로 "종잡을 수 없는 사람이다"고 비판한다.

한국당 내에서도 호불호가 엇갈린다. 사실상 그의 막말 수준은 도가 넘쳐나도 한참 넘치는데도 한국 언론도 크게 문제를 삼지 않는 것은 아이러니하다. 세간의 담론은 홍 대표의 언행은 건전한 개혁보수의 출현을 가로막는 걸림돌이 될 수 있다고 우려한다. 실로 언어에도 품격(品格)이 있는 법이다. '말이 씨가 된다'는 속담도 있다. 또 말에도 수준과 급수 차원과 품격이 담겨있다. 매사를 부정적이고 비판적인 막말을 듣는 국민도 짜증난다. 말은 곧 자신의 인격이다. 같은 말이라도 어떻게 하느냐에 따라 상대방과의 소통의 여부가 결정되는 것이다. 말의 품격은 곧 인품의 척도가 된다고 한다.

반면 여당의 대표가 했다면, 각종 매체서 자질과 능력부족이니, 밥상머리 교육을 받지 못했느니 등 지적하며 벌떼처럼 달려들어 뭇매를 가했을 것이다. 아직도 우리 사회 각계각층에 자리를 잡고 있는 우호세력의 뿌리는 건재한 것 같다. 1961년부터 시작된 한국당은 지역감정을 조장시켜 오랜 집권으로 인해 절대 권력을 만들었다. 결국 "절대 권력은 절대 부패한다"는 명언처럼 이명박근혜 정부의 부정부패로 두 전직 대통령이 구속되어, 재판을 받고 있음에도 부끄럽게 생각하지 않고, 정치보복으로 몰고 간다는 자체가 국민을 우롱한 처사라고 분노하고 있다. 원컨대 한국당은 국민을 위한 정책대안을 제시하여 등 돌린 중도 보수층의 지지를 받을 수 있도록 지혜를 모아야 한다. 걸핏하면 문재인 정부의 작은 허물이나 실수를 트집 잡아 정치공세로 몰아가는 방식으로는 국민의 지지와 신뢰를 회복하기 어렵다.

특히 모처럼 찾아오는 한반도의 봄은 대다수 국민은 반색하고 기대가 크다. 그럼에도 홍 대표는 지난 7일, 남북이 4월 27일 판문점 평화의 집에서 제3차 남북정상회담을 합의한 것을 두고 "세계와 대한민국을 기망하는 희대의 위장평화 쇼"가 될 것이라고 독설을 날렸다. 과연 한국당이 대한민국의 미래를 걱정하는 정당일까? 하는 의구심을 자아내게 한다. 옛말에도 동냥은 못줄망정 쪽박은 깨지 말아야 한다고 했다. 이 뿐만 아니다. 지난

23일 자신의 페북에 "핵 폐기 없는 협상은 이적행위"라고 밝혔다.

　이어 "이미 두 번에 걸친 '체제붕괴위기'에서 남북 위장평화로 북한을 살려준 정권이 DJ-노무현 정권"이라며, 또 다시 국제 제재로 붕괴위기에 처하자 세 번째 "살려주려고 위장평화쇼를 한다"고 목소리를 높였다. 이처럼 약발도 받지 못한 매카시즘을 들고 나온다. 하지만 국민의 정치수준을 만만치 않다. 현실적으로 문 정부의 남북화해와 통일정책은 명분과 실리가 일치한다. 일단 남북이 자주 만나 대화를 통해 하나씩 난제를 풀어나가야 한다. 어느 날 갑자기 통일이 하늘에서 '툭' 떨어진 것은 아니다. 국민 대다수가 이번 세기적 두 영상의 회담을 적극 지지하며 좋은 성과를 기원한다. 천리 길도 한걸음부터 시작되고, 첫 술갈에 배부르지 않는다. (2018. 4. 25)

'김성태 폭행사건'에서 찾아야 할 교훈

하루 길도 가다보면 중도 보고 소도 보는데, 하물며 사람이 한평생을 살아가다 보면 복잡다단한 사회에서 수많은 사건사고를 접하게 된다. 아울러 언론매체는 이런 사회현상을 긍정과 부정적인 면을 전달해 주는 역할을 한다. 지난 5일 국회서 단식농성 중이던 한국당 김성태 원내대표 폭행사건도 이런 사회적인 맥락의 일부분이다.

사건개요는 간단하고 분명하다. 가해자는 '드루킹댓글특검'을 하자고 농성중인 김성태를 '딱' 한 대 왼 주먹으로 오른 턱을 툭 쳤다. 경찰은 폭행 이유를 밝혀 이틀 뒤, 구속영장을 신청해 서울남부지법 김 모 판사는 '도망의 염려가 있다'며 발부했다. 하지만 인신구속에 대한 차별과 편중이 묻어나 여론의 역풍을 맞으면, 혹 떼려다 되레 혹 하나 더 붙게 될 '성태 역효과'를 자초할 것이다. 이 사건은 온 국민의 관심사였기에, 제 나름대로 평가를 했을 것이다.

가해자는 31살 김상학씨로 밝혀졌다. 물론 폭행은 어떤 경우라도 정당화될 수 없다는 게 일반적인 논리다. 물론 필자 생각도 마찬가지다. 김씨가 현장서 체포될 때, 그는 오른쪽 어깨에 2주의 상해를 입어 깁스를 했다. 저항도 할 수 없는 상태에서 건장한 남성 3명이 넘어 뜨려 위에서 짓누름을 당한 처지가 짠해보였다. 죄는 밉지만 인간을 미워하지 말라는 경구가 불현듯 떠오른다. 과거 희대의 살인마 유영철에게도 피의자의 인권보호 운운한 적이 있다. 하지만 김씨에게는 가혹하리만큼 보수언론들은 연일 거품을 물고 흉악범처럼 악의적인 보도태도를 보여 국민들은 도리질 쳤다.

어느 매체는 김씨가 마치 술에 취한 양 횡설수설했다고 기사를 썼다. 나중에 안 사실이지만 그는 신학대학을 졸업했고 남에게 봉사하는 삶을 추구하는 젊은이로서 술은 한 잔도 못하는 순수한 청년으로 알려졌다. 그는 민간인 체포 과정서도 소신 있게 자기주장을 펼쳤다. 어느 한 시민이 현장 가까운 곳서 찍은 동영상을 인터넷상서 검색해 보면 그는 뚜렷한 동기가 있었다. '7·27판문점 선언'에 홍 대표가 '평화위장쇼'라고 폄훼해 분노를 느껴 범행을 결심했다고 거침없이 실토했다. 또한 김씨는 YTN 이 기자의 인터뷰에 응한 그의 답변은 "자유한국당은 이제 단식 그만 하시고, 마음을 잘 추슬러서 대한민국 위해서 노력해주길 바랍니다." "전 재판에 있을 어떠한 결과에도 항소하지 아니하고 승복할 것이며…" 이하 생략

다른 한편 그의 부친 김창신씨는 부산에 거주하면서 아들 소식을 접하고 뜻밖의 일이라며, 아들 영장실질심사 앞서 언론에 전한 의견서에는 "폭행 사주와 배후는 없지만, 폭행은 정당화 할 수 없다"며 "조만간 김 대표를 만나 사과 하겠다"는 뜻을 밝히기도 했다. 덧붙여 "정말 올바른 정치인이라면, 이 청년이 왜 이런 돌발행동을 했을까? 한번은 관심을 가져 보는 게 진정한 국민의 대표라 생각합니다"라고 말한 절절한 호소가 가슴에 와 닿는다.

반면 보수야당서는 이번 폭력사건을 테러사건이라고 주장했다. 하지만 테러와는 거리가 먼 느낌이다. 과거 테러사건 사례는 1976년 5월 청와대 경호실장 차지철의 사주를 받은 조직폭력배 서방파 두목 김태촌이 부하들을 이끌고, 서울 관훈동 신민당사를 공격했다. 「테러리즘: 정치적 목적을

위하여 조직적 집단적으로 행하는 폭력행위」그뿐만 아니다 사회적 양심을 고민하는 혹자는 이번 폭행사건의 배경을 살펴하고, 교훈을 얻자고 역설하면서 당리당략위해 국회를 공전시킨 것은 국민을 경시한 태도다고 지적한다.

특히 한국당은 30대 김씨의 주장에 귀 닫지 말고 그 의미를 깊이 되새겨봐야 한다. 한겨레의 염원인 조국통일에 정부여당과 함께 관심을 갖고 협력하면서 새로운 시대상에 맞게 변화해야 한다. 사실상 국민 대다수는 여야의 첨예한 대립과 갈등을 원치 않는다. 어느 일방이 모두를 얻고자함은 모두를 잃는다. 따라서 서로가 양보할 것 양보하고, 얻을 것 얻는 게 윈윈법칙이다. 불원간 협상테이블에 마주 앉아서 통 큰 빅딜로 정치의 난맥상을 풀어내길 기대한다. (2018. 5. 10)

국민은 정치문화의 변화를 원하고 있다

　문재인 정부가 출범하고 1년 동안 가장 극적인 변화가 일어난 분야는 단연 외교·안보였다. 한반도 정세는 불과 1년 전만해도 국내는 물론 국제사회에서도 전쟁 임박설이 공공연히 거론될 만큼 악화일로로 치달았다. 하지만 한민족에게도 봄기운이 돌기 시작했다. 남북 정상회담, 북미 정상회담 종전 선언까지? 현 정부는 국민 대다수로부터 높은 지지를 받고 있지만, 어느 순간에 국민들은 여반장처럼 태도를 바뀔지는 모르는 일이다. 우리 국민들 누구나가 나이 듦에 따라 배움에 관계없이 자신의 경험을 바탕으로 매사에 아는 체를 한다. 특히 정치에 대한 나름대로 비판하게 된다. 이래서 아리스토텔레스는 일찍이 "인간은 정치적 동물이다"고 갈파한 것이다.

　이뿐만 아니다. 인간만이 다른 사람과 소통하고 의견을 내고, 이를 조율하며, 선한 일을 실천할 수 있는 능력을 갖고 있다고 본 것이다. 따라서 인간은 결코 정치 공동체를 떠나서는 살 수 없는 것 같다. 실제로 민주국가에서는 권력이 국민으로부터 나온다. 따라서 국민을 하늘같이 섬기지 못한 정치집단은 배척되기 마련이다. 과거처럼 정부와 여당이 국가운영을 일방적으로 이끌어 가면 독재라고 반발하여 반감을 갖게 된다. 따라서 야당과 협조해야 하고, 인내를 가지고 이해와 설득이 필요하다.

　한편 두 전직 대통령과 측근 그리고 국정농단 세력의 구속을 통한 권력형 적폐청산과 부패 척결이다. 박근혜 전 대통령은 지난해 3월 31일에는 구속되어 18개 혐의로 기소되어 국정농단 사건 1심에서 징역 24년을 선

고발았다. 그는 국가정보원 특수활동비 수수와 새누리당 공천 개입 사건에서 징역 8년을 추가되어 도합 징역 32년이 됐다. 게다가 검찰은 국정농단 사건 항소심에서 박 전 대통령에게 징역 30년을 구형했다. 현재 재판에 불응하고 있으며, 핵심 조력자들도 줄줄이 구속됐다.

또 이명박 전 대통령은 지난 3월 22일 뇌물수수 혐의와 직권남용, 횡령 등 십 수가지 개인 비리 혐의로 구속 재판 중이다. 그 외 이른바 '사자방(4대강·자원외교·방산)' 관련 의혹도 터졌다. 4대강 사업이 시작되기 전 국민의 67%가 반대했다. 현재 심각하게 대두된 4대강 환경오염만으로도 이 사업자체가 실패했음을 반증한다. 여기에 투입된 22조의 천문학적인 국민혈세와 매년 유지보수 비용으로 7천억 원 예산이 투입된다고 한다는 사실에 늘 국민의 마음은 무겁다. '4자방'은 낭비된 혈세만 35조 원이라고 한다. 나라 돈을 마치 자신의 쌈지 돈으로 여긴다는 점은 국민 입장에서는 원통할 일이다.

최고 권좌인 대통령은 그 자체로 만족해야 한다. 그럼에도 재력까지 탐욕하려다가 결국 패가망신한다. 더불어 불명예가 자손만대로 이어진다. 두 전 대통령께서는 자신의 부정부패를 감추려고 정치보복이라고 주장하지만, 명확한 증거가 있고 증인이 있어 이를 감추려는 것은 손으로 하늘 가리려는 것과 다름없다. 솔직히 자기 죄를 인정하고 대국민 사과를 한다면 국민들은 모두 다 용서할 것이다. 우리 국민은 '정치보복과 적폐청산'은 서로 다른 개념으로 알고 있다. '정치보복'은 국가권력을 쥔 집권당서 자신들의 불리해진 정치적 입장을 회복하기 위해 죄 없는 상대 정적들을 불법적으로 체포하여 고문조작으로 엉뚱한 죄명을 씌어 범죄자로 만들어 감옥에 가두거나 제거하는 사전에 기획된 정치음모 행위라고 정의하고 있다.

그 사례 하나는 이승만 전 대통령이 1968년 1월 인천 강화 출신 죽산 조봉암 선생에게 간첩죄 등으로 기소, 이듬에 7월 사형집행〈2011. 1. 20. 대법원서 무죄판결〉 사례 둘은 신군부에서 1980년 9월 17일 DJ에게 내란음모죄 등적용 사형 선고〈2004년 1월 서울고법서 무죄판결〉 등이다. 반면 '적폐청산'의 일반적 개념은 오랫동안 세습으로 인해 쌓이고 쌓인 폐단을 깨끗이 씻어 내는 일이라고 정의하고 있다. 더 쉽게 이해하려면 '공직자가 국민으로부터 위임받은 공권력을 남용하여 부정부패를 하면 그 범죄의 혹에 대해 검찰이 수사해 범죄행위로 밝혀지면 공소를 제기하여 법원에서 형을 선고한 것이다' 이처럼 '정치보복과 적폐청산'은 확연이 그 정의를 달리하고 있다. 똑똑해진 국민을 속이다가는 향후 대선과 총선에서 낭패를 당한다. 정치인은 권력형 범죄를 영원히 묻어 둘 수 있다고 생각했다면, 착각이고 오산이라는 점을 분명히 인식해야 한다.

이런 와중에 '청렴 아이콘'인 정의당 노회찬 의원이 '드루킹 특검'서 수사 중 '경인모'에서 4천만 원 강연비로 받은 게 문제되자, 그는 고민 끝에 자살을 선택했다. 하지만 지난 27일 국회서 열린 고 노회찬 의원 영결식에 수많은 추모객들이 찾아와 오열했다. 국민 생각은 '서민을 위하고 청렴하며 정의를 위해 노력한 국회의원을 존중하고 신뢰한다'는 사실을 입증됐다. 현재 국회의원들은 이런 뜻을 헤아려 정치변화를 갈구하는 국민에 부응하지 않으면 금배지를 오래 달지 못할 것이다.

다른 한편 한국갤럽이 8월 첫째 주(7/31~8/2) 정당지지율 조사 결과, 현재 지지하는 정당은 더불어민주당 41%, 무당층 26%, 정의당 15%, 자유한국당 11%, 바른미래당 5%, 민주평화당 1% 순으로 나타났다. 게다가 지방선거 이후 대통령 직무 긍정률 하락세와 경제·민생 문제 우려가 지속되는 가운데 여당의 당권 경쟁 또한 변수로 작용했을 가능성이 있다고 분석했다. 제1야당으로 정의당이 부상했지만 향후 정당의 흥망성쇠는 국민 손에 달려있는 것 같다. 그런데 이쯤에서 깊이 되새겨 봐야 하는 문제가 있다. 사회적으로 성공해 지도자적인 위치에 있는 사람들이 국정농단하고 부정부패를 저지르는 것은 알다가도 모르는 일이다. 정치보복인지 적폐청산인지는 똑똑해진 국민이 판단할 문제다. (2018. 8. 3)

그래도 문재인 정부에 꿈과 희망이 있다

누구도 내일의 세상일은 알지 못한다. 지난 5일 충남도지사 정무비서가 JTBC에 출연해 안희정 지사로부터 4차례 성폭행과 함께 수시로 성추행을 당했다고 폭로했다. 방송 직후 여당은 곧바로 밤에 긴급 최고위원회의를 소집한 뒤, 추미애 대표는 1시간쯤 회의를 마치고, 안 지사에 대해 퇴출제명을 결정하고, 직접 기자회견을 열어 "도저히 있을 수 없는 일이 발생했다. 국민 여러분께 사과 말씀을 드린다"라고 고개를 숙였다. 또한 시민사회도 거대한 충격과 분노의 쓰나미에 휩싸였다. 충남도 23개 여성단체들도 익일 성명을 내어 '안 지사가 비교적 빠르게 사퇴는 했지만, 권력을 이용해 수행 비서를 성폭행한 짓은 용서할 수 없는 천인공노할 범죄'라며 수사기관의 철저한 수사를 촉구했다. 이어서 충남도공무원노동조합도 '안 지사의 성폭행 사건은 어떤 변명으로도 용서 안 된다'고 밝혔다.

이런 와중에 정치권에서는 여야의 입장이 극명하게 엇갈리고 있다. 더불어민주당은 6·13 지방선거 앞두고 '초대형 악재가 터졌다'며 초상집 같은 분위기 속에서 전전긍긍이다. 또 충남지사 박수현 예비후보는 선거활동마저 중단했다. 반면 자유한국당은 80년대 386운동권의 성문란으로 규정하고, 진보진영 전체의 도덕성 문제로 확대시켰다. 또 홍준표 대표는 이날 오후, 서울 여의도에서 당 주최 전국여성대회에 참석해 "미투운동을 더 가열차게 해서 좌파들이 좀 많이 걸렸으면 좋겠다"고 목소리를 높였다. 이처럼 야당은 국민 지지도가 추락한 상황에서 절호의 찬스를 잡았다고 호들갑을 떨면서, 불난 집에 기름을 붓는 격이다. 한마디로 '남의 불행이 나의 행복이다'며 반전의 기회를 만난 것입니다.

그나저나 한반도 일촉즉발의 위기상황을 해결하기 위해 '안 지사 성폭행 폭로'한 날 오전, 정의용 국가안보실장 등 5명을 북한특사로 보내, 익일 큰 성과를 안고 귀환했다. 곧바로 언론을 통해 발표됨으로써 이미 우리국민이 알다시피 6개 합의한 주요 내용(북, 한반도 비핵화 의지 확인 이하 생략)은 큰 성과가 아닐 수 없다.

특히 걱정스러운 것은 이런 정치적 업적이, '이명박 100억 뇌물 수수 사건과 안 지사의 성폭행 사건' 등으로 덮여져 버리면 절대 안 된다. 성폭행 문제는 전 정권 기간에도 적지 않게 발생했다. 하지만 당시 새누리당과 언론은 별다른 관심을 보이지 않고 패싱했었다. 그렇지만 문 대통님께서는 지난 2월 26일 청와대 수석 보좌관 회의에서 '미투운동 지지와 범사회적 확산의 필요성'을 선언했다. 따라서 시민단체와 피해자들이 용기와 힘을 얻고 있다고 본다.

향후 '미투문제'는 국회서 여야가 머리를 맞대고 미비한 부분을 법과 제도적으로 보완 개정하고, 여태껏 잘못된 남성중심의 관념과 관행을 깨고, 사회적인 인식전환을 통해 점차적으로 양성평등문화가 정착되어, 새로운 시대를 여는 계기가 되었으면 한다. 또 한편 문재인 대통령의 꿈과 희망은 '새로운 대한민국, 나라다운 나라, 국민의 시대'를 만들기 위해 깊은 고민과 치열한 노력을 하고 있다. 이에 우리국민도 적극적인 지지와 성원을 보내줘야 한다. 아직 1년도 안된 기간인데도, 새로운 변화를 체감하고 있어 기대가 크다. 실제로 개혁은 민감하고 어려운 문제다. 때론 정치적 오해를 살 수 있고, 기득권의 반발도 초래할 것이다. 또 일부 저항도 감수하면서 시대적 사명을 다한다면, 후대의 역사는 훌륭한 대통령으로 기록될 것으로 확신한다. (2018. 3. 7)

MB 구속 뒤, 일그러진 풍경들

MB 구속은 '등 돌린 측근들, 사위 진술, 영포빌딩 보관 문서' 등이 결정적 증거가 됐다는 주장이 설득력을 얻고 있다. 따라서 정치보복 아닌 개인 비리가 맞다. 검찰은 '사자방'에 천문학적 비리가 숨겨있다고 보고, 수사를 계속 이어갈 듯하다. 그래서 MB 범죄는 끝이 아니라 시작에 불과하다는 주장에 무게가 실리고 있다. 지금껏 밝혀진 액수는 뇌물 수수 110억 원, 횡령 350억 원이다. 물론 생각 차이는 있지만, 대부분 서민들은 단돈 1만 원에도 '울고 웃고' 한다.

한편으로 MB는 21일 구속영장이 집행되기 전, 자신이 작성한 입장문을 페이스북에 올렸다. 그 내용을 대충 정리해 보면 이렇다.

첫째 "지금 이 시간 누굴 원망하기 보다는 이 모든 것은 내 탓이라는 심정이고 자책감을 느낀다"고 했다. 그런데 대국민 사죄는 한마디도 없었고, 자신의 소회만 털어놓을 뿐, 아직도 국민을 가볍게 보는 심리가 묻어나고 있다.

둘째 "과거 잘못된 관행을 절연하고 깨끗한 정치를 하고자 노력했지만, 오늘 날 국민 눈높이에 비춰보면 미흡한 부분이 없지 않았다"라고 했다. 그토록 국민이 반대한 4대강사업을 강행하여, 매년 유지관리비가 1조 원씩 물속에 수장되고 있다고 한다. 그런데도 구차한 변명으로 자기모순을 드러내는 것을 보면 매우 안타깝다.

셋째 "재임 중 세계대공황이래 최대 금융위기를 맞았지만 대한민국은 세계에서 가장 모범적으로 위기를 극복했다" 이는 뜻밖의 주장이다. 대부분 국민들이 인식하지 못한 일을 가지고 자화자찬한 것 같다. 혹자는 '사자방'으로 "국부를 유출시키고, 자신의 재산을 늘렸다는 의혹을 감추려는 의도뿐이다"라고 지적한다. 실제로 집권 동안 국가부채는 143조 9천억이었다.

넷째 "바라건대 언젠가 나의 참모습을 되찾고 할 말을 할 수 있으리라 기대해본다"고 했다. 이 말의 속뜻은 만일 정권이 한국당으로 교체되면, 문재인 정부가 정치보복으로 올가미를 씌웠다고 해명할 기회가 올 것이라는 아련한 생각을 꿈꾸고 있다. 또 한편으로 친이계 의원들은 지난 22일 구속영장이 집행되는 날, 문밖에 도열하여 동부구치소로 유치되는 MB 향해 가슴 치며 울분했다. 그 뒤 한국당 장제원 의원은 자신의 페이스북에 "눈물을 자꾸 흐른다" "결코 지금 이 순간을 잊지 않겠다"라고 비장한 각오를 밝혔다.

또한 김영우 의원은 "명백한 정치보복 정치할복" "노무현·DJ정부의 적폐도 함께 조사해야…"라고 주장하면서 주군에 대한 용비어천가를 불렀다. 그렇지만 누리꾼들은 "십년 묵은 체증이 내려간 느낌"이라고 소회를 쏟아 냈다. 사실상 한국당서 배출한 전직 대통령 두 분이 구속되었는데도 국민에게 진정한 사과 한마디와 반성은 전혀 없고, 오직 '정치보복이다'라며 한목소리를 내고 있지만, 과연 국민들이 동의할 것인지 의문시된다.

그뿐만 아니다. 야당은 60년대 낡은 고정관념에서 매몰되어, 현실인식이 부족하고, 미래지향적인 정책대안이 없는 것 같다. 마치 남북대결로 정권유지에만 집착하는 거로 비춰지면 곤란하다. 이런 구태의 정치노선을 버리지 않으면, 젊은 세대에게는 공감을 주지 못할 것이다. 그래서 인식의 대전환이 필요하다. 그래야 국민이 지지와 성원을 보내주실 거로 확신한다.

반면 민주당은 남북관계도 평화와 공존의 시대를 열어, 다 함께 풍요와 행복을 누리고, 전쟁불안으로부터 해소시킨다는 정책에 국민 대다수가 적극 호응을 하고 있는 분위기다. 따라서 여야는 정책적으로 경쟁하여 국민 선택을 받기를 간절히 소망한다. (2018. 3. 24)

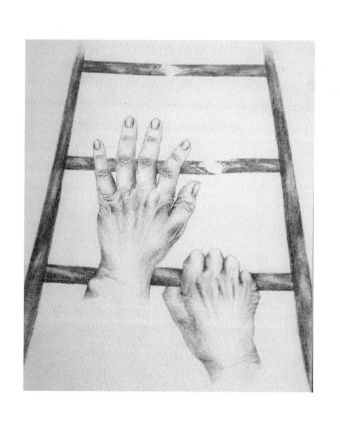

3부

양성평등문화가 세상을 춤추게 한다

조선은 유교문화가 오랫동안 백성의 정신과 삶에 깊숙이 파고들어 실질적으로 지배했다. 그 영향은 시공을 뛰어넘어 현대사회로 이어졌지만 뜻밖에도, 유교 비판을 담은 『공자가 죽어야 나라가 산다』라는 책이 세간에 등장한다. 게다가 일부 비판론자들은 공자의 도덕주의 대해 문제를 제기하며 '호불호 논쟁'이 입길에 오르내렸다. 그렇지만 예나 지금이나 유교사상은 윤리성을 이상으로 한 행위규범으로써, 인간 삶의 가치를 높이기 위한 유익한 이데올로기였다. 반면 혹자는 유교가 '양성 불평등'을 불러왔다고 지적하고 있지만, 그건 지나친 논리적 비약이다. 유교사상의 근간인 삼강오륜 중, '부위부강(夫爲婦綱)과 부부유별(夫婦有別)'을 면밀히 분석해보면 여성차별의 요소가 들어있지 않다. 즉 남편과 아내가 각자 지켜야 할 도리를 침범하지 말고, 서로가 조화와 존중을 강조한 대목일 뿐이다. 사실상 성불평등은 다른 데 있다고 본다.

고려 광종 때, 처음 시행한 과거시험에는 여성한테 응시 기회를 개방하지 않는 것은 차별적 정책오류였다. 하지만 조선 정치가 이이는 자식들에게 유산을 상속해 줄때 작성한 문서인 '율곡선생남매분재기'에 따르면 자식들에 성별 관계없이 동등한 수준의 유산을 물려준 사실을 확인할 수 있다. 조선 전기까지만 해도 성차별을 발견할 수 없었다. 그렇지만 조선이 남존 여비사회로 전환을 모색한 것은 임진왜란 이후인 17세기부터라는 기록이 있다. 또한 6·25전쟁 끝난 뒤, 우리 부모들은 남아 선호에 강한 집착을 보였다. 그 이유는 전쟁으로 인해 남성의 희생이 컸기 때문이다. 따라서 당시 사회적 환경과 심리적 원인이 겹쳐 남성의 필요성을 느꼈기 때문에 이른바 남아 선호를 넘어 남존 여비사상으로 변질되었다는 주장이 설득력을 얻고 있다.

한편 60년대 농경사회 땐, 여성은 대부분 초교만 졸업하고 어린 나이에 가사나 노동현장에 일손을 보탰다. 특히 70년대 들어 본격적인 도시화와 산업화로 인해 우리 사회는 변화물결이 심하게 요동쳤다. 너나할 것 없이 시대흐름을 민감히 수용함으로써, 기존의 낡고 고루한 패러다임이 무너지면서 여성들은 사회주체로서의 자각과 권리의식이 싹을 틔었다. 이런 가운데 '여성권리신장'에 혼신의 힘을 다했던 최초 여성변호사 이태영 박사가 있었다. 그는 '한국 가정법률상담소'를 창설하고 여성운동의 중심에 서서 남성 우월주의로 인해 여성이 천대받는 풍토 속에서 남녀관계의 불균형을 개선하기 위해 치열하게 싸웠다. 실제로 가족법을 개정하고 호주 제도를 폐지하였으며, 여성의 억울한 사건을 무료로 변론해 주면서, 여성 지위 향상을 위해 법과 제도를 개선해, 성차별적 인식의 변화를 이끌어내어 '더 이상 여성은 남성의 소유물이 아닌 독립된 인격체다'라는 새로운 이정표를 세웠다. 이처럼 '양성평등'에 평생을 바친 기념비적 업적을 남긴 분에 대한 은혜를 쉽게 망각해 버린 세태를 보면 참으로 안타까운 마음이 든다.

다른 한편 흔히 '여성은 겁 많고 허약한 존재'라는 사회적 통념을 깬 역사적 사건이 있다. 한민족끼리 무참히 살육했던 6·25전쟁 때. 나라 운명이 풍전등화와 같은 상황에서 구국위해 자원입대한 여군 수는 장교(간호장교 포함) 175명, 병사 1,372명이었다고 한다. 그들은 전쟁에 참전하여 용맹과 담력으로 혁혁한 전과를 올렸다. 이뿐만이 아니다. 남성만의 아성이었던 군 장성급에도 여성이 입성했다. 또한 남성만이 독무대처럼 여겨온 주요 국가고시시험의 수석이 여성이었다는 사실은 이제 놀라워할 일이 아니다. 또 전문성을 요구하는 자격시험도 마찬가지다. 고득점과 더불어 합격자도 동률추세다. 실로 질과 양을 다 갖춘 셈이다. 올해 상반기에 시행됐던 '국가9급공무원시험'에서 여성합격자의 비율이 53.2%였다. 이렇듯 여성이 남성에 비해 결코 열등하지 않는 명백한 증거가 아니라고 부정할 사람은 하나도 없다. 향후 여성에 대한 편견이 사라지고, 양성평등문화가 정착되면 삶의 질이 향상되어 훈훈한 사랑이 강물처럼 흐르고, 넉넉한 행복이 들꽃처럼 만발한 세상을 다함께 향유하게 될 것이다. (2018. 8. 10)

사법부에 대한 국민신뢰가 무섭게 추락한다

박근혜 정부 아래서 사법부는 온 국민에게 아픔과 상처를 주었다. 우리 국민은 귀동냥을 통해 법관은 법과 양심을 가지고 판결한다고 알고 있다. 법은 최소한의 상식이다. 즉, 상식에 어긋나면 법을 위반한다는 말이다 국민 대다수가 법원은 정의의 최후보루라고 인식해 왔다. 하지만 양승태는 6년이나 오랫동안 대법원장을 유지하면서 '상고법원'을 창설하기 위해 청와대 국회 등 전방위적으로 재판 거래를 한 내용이 지난 7월 31일 공개됐다. 만약 한국당이 집권했다면 묻혀버릴 적폐이다. 현 문재인 정부가 들어서면서 세상 밖으로 튀어나와 천만다행이다. 따라서 사법부개혁은 반드시 필요하다고 국민 공감대가 형성되고 있는 현실이다. 그런데 개혁의 속도감이 없다고 국민의 불평이 세차게 쏟아지고 있다.

이런 가운데 여야가 판단의 인식은 상반되고 있다. 과거 집권당인 한국당은 오히려 감싸고 옹호하는 뉘앙스를 주고 있어 안타깝다. 잘못된 것은 과감히 개선시켜 국민에게 이익으로 돌려줘야지 그것을 그대로 방치한다면 판사들도 조롱과 불신의 대상이 되고 말 것이다. 정치인은 여야를 막론하고 이런 문제를 개혁하지 않는다면 결국 피해는 국민 몫이고 결국 권력을 쥔 자만의 세상이 될 것이다. 실제로 국민들이 세금을 내어 법관들의 월급을 주고 있다. 따라서 재판을 공평하게 받을 권리가 훼손됐다면 분하고 억울한 일이 아니겠는가. 누구나가 뜻하지 않게 민형사 사건이 발생하면 고소나 소송을 통해 정당한 피해구제를 받고자 함은 인지상정이다. 그런데 엉뚱한 결과가 나오면 가슴 치며 억울해 한다. 이제 국민도 똑똑해졌고, 법전문가인 수많은 변호사를 통해 상의해 보고 자기 판단도 해보며 어느 정도 법관의 판단결과를 예측한다.

사실상 법관은 전지전능한 신이 아니다. 또 상관의 부탁이나 지인의 유혹을 받거나 변호사의 역할로 영향을 끼쳐 피해를 보았다면 어떤 생각을 할까. 한편 요즘 국민 대부분은 친인척 준 법관 한 명쯤은 아는 사람이 있어 자문도 받아본다. 따라서 나름대로 법률지식도 갖춰있고, 어느 것이 정의이고 부정의라고 평가할 수 있다. 하지만 판사들은 자기만 전문가이고 국민은 무지렁이로 알면 큰 착각이나 오해가 될 수 있다.

한편으로 지금 양승태 전 대법장이 여론의 도마 위에 올랐다. 그는 '국민을 이기적인 존재이다'라는 인식이 문제가 있다고 지적한다. 때문에 혹자는 그는 가리켜 독선과 엘리트 의식에 가득 찬 사람이다. 참으로 위험하고 교만한 사고방식을 가진 비양심적인 사람으로 비판한다. 양승태 대법원장 시절의 재판거래와 판사 사찰 의혹 등이 담긴 문건이 추가로 공개됐다. 196건이라고 하는데 내용이 충격이다. '상고법원 입법' 로비를 위해 정치인들의 성향을 분류하고 이들의 민원 사항, 그리고 재판에 연루돼 있는 정치인인은 그 재판을 어떻게 활용하면 되는지 같은 내용 등이 담겨 있었다. 아직 공개되지 않은 문건들도 많다고 하니 국민들은 분노하고 있다.

이번에 공개된 양 전 대법원장 시절 법원행정처가 작성한 문건에는 국민을 이기적이라고 표현한 대목이 포함돼 있다. 과연 대법관들은 이타적이고 이성적이어서 이런 문건들을 작성한 건지, 지켜보는 사람들의 마음속에는 분노와 충격이다. 자유 민주국가에서는 3권 분립으로 행정부 사법부 입법부가 서로 다른 영역에 침범하지 않고 견제와 균형으로 운영되어야 정상적인 국가발전을 할 수 있다. 하지만 박근혜 정부아래서 양 전 대법원장처럼 자신들의 목적을 달성하기 위해 행정부 입법부 등에 로비하여 재판을 거래했다는 것은 삼권분립을 팽개친 헌법위반 소지가 있다. 거래로 의혹 받은 사례는 너무 많다 이와 관련 시민단체들이 '사법행정권 남용' 의혹으로 검찰에 공동으로 고발했다.

특히 민주사회를 위한 변호사 모임과 전국교직원노동조합 등 17개 시민단체는 7월 5일 대법원 앞에서 기자회견을 열고 양 전 대법원장을 직권남용과 공무상 비밀 누설 등 혐의로 서울중앙지검에 고발했다. 더불어 '더 이상의 사법 피해자가 나오지 않도록 검찰이 신속하고 공정한 수사에 나서야 한다'라고 요구했다. 문건은 또 '성완종 리스트의 최대 피해자가 VIP(박근혜 전 대통령)라면, 최대 수혜자는 김무성 대표'라는 분석이 나오고 있다'라고 적었다. 국민들은 사법부의 획기적인 개혁을 요구하고 있어 그 귀추가 주목된다. 지금 법관들은 국민을 위한 봉사자보다 자신들의 밥그릇 챙기기에 더 집착하는 것을 보면 아직도 60년 시절로 퇴행되어 가고 있어 씁쓸하기만 하다. (2018. 8. 3)

2020년 총선 때 후보자 선택의 기준

선거는 민주주의의 꽃이라고 불리어진다. 어떤 선거든지 유권자들이 가장 중요하게 생각하는 기준은 도덕성이라는 조사 결과가 나왔다. 한국갤럽에 KBS1 라디오가 의뢰해 19대 총선 투표자 1366명에게 지지후보를 선택하는 기준을 물었더니, 첫째가 도덕성(56%)이라고 답했다. 뒤이어 추진력(39%), 공약(37%), 소속정당(30.7%), 참신성(28.1%)이었다. 18대 총선 지지후보 선택기준과 대체로 같았으나 '소속정당'과 '이미지'의 중요성은 낮아진 것으로 나타났다.

유권자의 지지후보 선택기준 변화 이유는 '국정안정 또는 정권심판이 필요해서'(32.3%), '18대 국회 의정활동 때문에'(10.2%), '정치에 관한 관심이 높아져서'(10.1%), '국내외 정세가 바뀌어서'(10.1%) 순이었다. 한편 가장 중요하게 생각하는 공약으로는 '서민경제 활성화'가 1위(50.6%), 뒤이어 '일자리창출'(32.3%), '공교육 내실화 및 학교폭력 예방'(26.8%), '복지 확대'(26%) 등을 원했다.

그런데, 19대 총선을 앞두고 공천에 잡음이 끊이질 않고 공천취소사태가 이어지고 있으며, 잘못이 있음에도 꿋꿋이 버티고 있다. 문제는 가장 큰 요인이 바로 '도덕성'이다. 국민들은 가장 중요하게 생각하는 선택요소이지만 당은 국민 생각과는 아직은 먼 것 같다.

'추진력'은 식지 않는 열정과 책임을 가지고 있다면 꼭 실천해야 되겠다는 의지다. 본인이 약속한 것은 최대한 노력해야 한다. 조금 해보려고 하다가 벽에 부딪치면 포기해 버리는 사람은 자격과 능력이 없다. '공약'은 후보가 해당지역을 얼마나 잘 알고 있고, 그 주민들이 간절히 원하는 희망사항이 무엇인지 알고, 그들이 어떤 어려움을 겪고 있는지 함께 공감하고 노력하면서 찾아낸 뒤 공약을 낼 수 있다.

이처럼 자신의 지역에 충실한 사람이 나라의 일도 제대로 볼 수 있다. 당선되기 위한 거짓말 약속은 공약(空約)에 불과하다. 현명한 유권자는 후보자의 핵심공약이 무엇인지 실현의지가 있는지 제대로 파악해야 한다. '소속정당'은 외국서도 우리나라에서도 관심사항이다. 특정지역에서는 후보가 누구든 당의 이름만 달고 나오면 100% 당선이 된 현실이다. 물론 정당정치는 중요하다. 하지만, 사람을 보지 않고 정당만 보는 정치현실로 능력 있는 정치인을 선택하지 못한 우를 범할 수 있다. 이제는 인물과 공약(정책)을 볼 때다. 소수정당, 무소속 등의 후보들이 약진해 올라와야 거대정당들이 조금이라도 반성하고, 국민을 가볍게 보지 않을 것이다. 마지막은 '참신성'이다. 젊었다고 참신한 것은 아니다. 오랜 경험과 경륜 노하우를 지닌 다선의 청렴한 의원도 무시해선 안 된다. '조순형 7선' 의원께서 불출마 선언을 하셨다. '미스터 쓴소리'라고 불리는 조 의원은 늘 공부하는 사람이다.

이런 분을 칭찬과 존중하며 좋은 평가를 해주어야 한다. 문제는 국회에서 궤변과 막말, 국무위원 불러 놓고 망신주기, 자당 유불리만 주장하면서 고함과 삿대질. 부정부패한 의원 구속 방패막이, 검찰에서 혐의를 갖고 수사가 개시되면 '정치보복'으로 덮어씌우는 거짓 해명 등이다. 2020년 21대 총선에서는 도덕성, 참신성, 능력과 경력을 제대로 갖춘 범죄 전과가 없는 후보들이 많이 당선 시켜 국회에 새바람을 불러 일으켜야 국가 품격

과 국민정치 수준도 높아질 수 있다. 그래야 정치인들이 유권자를 두렵게 만든다. (2018. 7. 2)

'박남춘' 인천시장 예비후보에 대한 오해와 진실

지난 12일 인천 더불어 민주당 인천시장 예비후보 합동토론회가 있었다. '봄캠' 박윤희씨가 참석 뒤, 쓴 글을 보고 모티브가 되어 필자의 생각을 보태서 재구성하오니 이해하길 바란다. 정책 토론회 과정에서 네거티브 공방이 제기되었다는 것은 심히 유감스런 일이다. 이런 '네거티브 선거전략'은 한국당이 전유물처럼 늘 사용한 후진성 정치행태이다. 그런데 민주당 인천시장 예비후보 정책 토론회과정에서 발생했다는 게 믿어지지 않는다. 현재 '박남춘 김교홍 홍미영' 등 세 사람이다. 공히 오랫동안 민주당에서 잔뼈가 굳은 훌륭한 분들이다. 또 세 분은 문재인 대통령과도 한결같이 이념을 공유하시고 있다. 하지만 과열경쟁으로 인해, 팩트보다 가짜뉴스와 악의적인 허위사실이 난무하여 당사자에게는 트라우마로 남게 될 것이다. 오죽이나 억울했으면 '경선대책위캠프'서 고소까지 작심했겠는가, 예사로운 일이 아니다. 특히 인천시장 예비 후보들은 한 배를 탄 공동운명체이다. 더불어 신뢰와 존경하면서 정정당당하게 평등 공정 정의를 바탕위에 후보 경선이 이뤄졌으면 한다.

그럼 필자가 박남춘에 가해진 네거티브에 대한 해명을 하겠다. 모두가 필자의 진정성에 동의해주시고, 공감했으면 한다.

하나는, '보안사 근무하면서 녹화사업에 참여했다'는 설이다. 녹화사업이란 전두환 정권서 대학생들의 '반독재 민주화 운동'을 제거하기 위해, 국군보안사령부에서 기획 시행했던 사안이다. 즉 시위주모자를 강제로 군에 입대시킨 정치성을 띤 비밀공작이다. 이와 관련 박남춘이 '녹화사업'에 참여했다는 것은 언어도단이다. 공군에 입대한 초급 위관장교에게 '국가비밀' 기획을 맡기지 않는 게 상례이다. 실제로 나이 어린 초급장교가 참여한다는 자체가 불가능하다. 이미 그의 자서전에서 밝혔듯이, 행정고시 합격자로서 차출돼 보안사 교육대서 잠시 동안 '군형법'을 강의하는 것을 두고 녹화사업에 참여했다는 것은 견강부회일 뿐이다. '녹화사업과 군형법강의'는 양자간 성격자체가 전혀 다르다. 사실상 의도된 억측을 침소봉대시켜 확대재생산한 것은 되레 민주당의 이미지를 흐리게 하고, 부끄러운 비신사적인 행태이다. 네거티브는 원래 반대당서 만드는 거다. 알다시피 야당의 단골메뉴가 아닌가?

또 다른 하나는, '대기업으로부터 돈을 받아 재산이 증식되었다'는 설이다. 그 당시 야당의원이 부정부패에 연루되었다면, 한국당서 보고만 있었을까? 이 문제는 박남춘 의원이 이미 소명자료를 제출하여 몇 차례 소상하게 밝혔기 때문에, 더 이상 거론한 자체가 무의미하다. 한편으로 리얼미티 여론조사에 따르면 '박남춘 28.1%, 김교홍 27.5% 홍미영 14.8%'로 지지율이 나타났다. 또 지난 4월 12일 실시된 토론회를 마치고 난 뒤, 박남춘 지지율에 무게가 더 실린 것으로 관측되고 있다. 게다가 '전문성 공직경험 노하우 문제해결 능력' 등 준비된 시장으로 유리한 고지를 점하고 있다는 시민여론이 시나브로 높아가고 있다. 또 한편으로 당원과 지지자들은 예비후보가 선의와 양심을 지켜 주면서, 민주당의 체면과 좋은 이미지로 경선에서 유종의 미를 거두어 최선을 다해주길 바라고 있다. 그리하여 하나로 굳게 뭉쳐 인천에서 민주당이 반드시 승리하여 '문 대통령 성공신화'를 함께 써야 한다. (2018. 4. 14)

여론조사에 대한 홍 대표의 인식

홍준표 자유한국당 대표가 6·13 지방선거 활동을 하면서 좀 독특한 행보를 했다. 그는 지방자치장 후보 여론조사 결과에 대해 '괴벨스 공화국'이라며 강력 비판했다. 따라서 여론조사 수치 왜곡하고 조작이 광범위하게 이뤄지고 있어 믿을 수 없다는 게 그의 주장이다.

물론 그 이유는 이러하다. 2010년 5회 지방선거 시 '여론조사 실패'의 사례를 홍 대표가 믿고 있는 것 같다는 해석이 나오고 있다. 당시 여론조사 결과 공표 금지기간 직전 지상파 방송 3사가 실시한 여론조사는 국내 여론조사 역사상 가장 오류가 컸던 것이다.

그 사례로 선거 7일전 여론조사서 서울시장의 경우 오세훈 한나라당 후보가 50.4%, 한명숙 민주당 후보가 32.6%였지만, 투표결과는 오 후보가 한 후보를 0.6%포인트 차로 앞섰다. 또 인천시장 경우도 안상수 한나라당 후보가 송영길 민주당 후보를 11.3%포인트 앞섰지만, 투표결과는 송 후보가 8.3%포인트 차로 안 후보를 눌렀다.

이 같은 오류 뒤에는 '숨은 표'가 있었다는 게 정설이 됐다. 사실상 여론조사에서 드러나지 않은 민심이 실제 투표로 이어졌다는 것이다. 그 당시 선거에서 '은폐형 부동층'의 존재가 두드러지게 활약했다는 분석도 있다. 홍 대표는 최근 이 같은 '은폐형 부동층'에 대한 기대를 걸고 자신만만했다. 게다가 2014년 6회 지방선거에선 선거 일주일 전 미디어리서치가 실시한 여론조사에 따르면 이러했다.

인천시장의 경우 송영길 새정치민주연합 후보(43.2%)가 여론조사에서 유정복 새누리당 후보(35.3%)를 크게 앞섰지만 선거결과 49.95%를 얻은 유 후보가 48.2%를 얻은 송 후보에게 신승을 거뒀다. 이처럼 여당 지지층이 여론조사에 적극적으로 참여하지 않았다는 분석이다. 또한 홍 대표는 서울시장 후보의 '여론조사를 믿을 수 없다'는 반응을 보이면서 여론조사에 대한 불신을 강하게 드러내왔다.

그는 페이스북에 글을 올려 '이번 북풍(北風) 선거에서 엉터리 여론조사가 기승을 부릴 것으로 본다'며 '드루킹처럼 가짜 나라, 가짜 언론, 가짜 여론이 판치는 괴벨스 공화국으로 그들(정부·여당)은 끌고 갈 것'이라고 했다. 남북 정상회담과 북·미 정상회담 등으로 한반도 비핵화 국면이 조성된 상황을 북풍으로 규정한 것이다. 한편 한국당 관계자는 '홍 대표의 강경 발언이 지역 정서와 어긋나 부담스러울 때가 많다'며 '홍 대표가 유세를 돕는다며 방문하는 것을 거부하고 싶다고 말하는 지방선거 후보들도 있다'고 전했다.

특히 경기 지역의 경우, 이재명 더불어민주당 후보를 둘러싼 스캔들을 겨냥 '그 당을 지지한다고 해도 찍을 수가 없다. 그럼 기권한다. 그 욕설 동영상을 보고도 그 사람을 찍는다면 비정상이다'라고 강조하기도 했다. 홍 대표는 "경기도는 자체판단으로 경합 우세 쪽으로 돌아섰다고 판단한다"라며 "경기도민들이 최선의 후보는 아니더라도 차악의 선택을 할 것으로 확신한다"고 말했다. 홍 대표는 6·13 지방선거 여론조사 결과를 '엉터리 여론조사'라며 "선거 날 민심을 확인해보자"고 자신 있게 말했다. 당 내부에서는 연일 쏟아지는 홍 대표의 강경 발언에 고민하는 분위기가 역력하다. 하지만 6·13 선거결과는 그의 주장과는 달리 17개 광역 단체장중

민주당 11, 한국당 2, 무소속 1로 한국당이 폭망했다. 따라서 다음날 참패 책임을 지고 대표직을 사퇴하면서 홍 대표는 "우리는 참패했고 나라는 통째로 넘어갔다"고 밝혔다.

　홍 대표의 발언에 정창래 전 의원이 "국민에 대한 최소한의 도리와 예의가 없다"고 비판했다. 정 전 의원은 투표 다음 날 자신의 트위터에 선거에 참패하고 물러가는 당 대표의 사퇴의 변이 정녕 이래서 되겠는가? 국민에 대한 적대감을 표출한 최악의 망언이라고 나는 생각한다고 덧붙였다. 이뿐이 아니다. 홍 대표 사퇴에 청와대 청원 게시판에는 '홍준표 자유한국당 대표직 사퇴를 반대합니다'라는 국민청원이 등장했다. 이 게시자는 '지방선거 한번 졌다고 자유한국당 대표를 사퇴하다뇨, 끝까지 당을 지켜주세요, 다음 총선 아니 대선까지 당대표를 맡아 주십시오, 아예 종신직을 청원합니다'라고 비꼬는 글을 게재했다. 한마디로 정치를 희화화한 그에게 쏟아지는 독불장군 유아독존이니 하는 여론은 세간을 달구었다. (2018. 6. 15)

국민 불신을 키운 자유한국당

한국당의 내분은 쉽게 해결될 전망이 안 보인다. 친박이니 비박이니 두 세력의 싸움은 끝나지 않고 있다. 혁신을 하겠다고 비대위원장을 공모하더니 5명이 지원하여 최종 김병준씨가 낙점됐다.

이러한 가운데 20대 후반기 국회가 어렵사리 원구성이 마무리하고 40여 일 지각 출범했다. 7월 17일 한국당은 상임위원을 배치 현황을 보면, 국민을 아직도 무시하고 꼼수를 부리는 것을 보면, 현재 의원진영으로는 절대 개혁은 불가능하다고 지적한다. 이번 상임위원 배치 의원을 들여다보면 참으로 가관이다. 이게 도저히 이해할 수 없는 행위다. 현재 비리 혐의로 재판을 받고 있거나 기소가 된 의원들을 연관된 상임위원에 배치시켜 놓았다. 눈 가리고 야옹하는 식이다. 이런 문제를 제기한 언론은 H신문뿐이라는 데 놀랐다. 보수언론들은 여당에 대한 비판 기사를 넘어 과장 왜곡한 기사가 공감을 얻지 못하고 있다. 참으로 기가 막힌 국회운영에 혀를 찬다.

이래가지고 국민에게 지지해 달라고 바라는 것은 국민을 우습게 보는 처사다. 지금껏 한국사회를 제자리걸음 걷게 하고 부익부 빈익빈 사회로 만들어 놓은 점에 반성은 않고 오직 자기끼리 권력을 쥐고 부를 축적하고 명예를 위해 정부 여당에 협치는 커녕 발목 잡는다면 국회의 존재이유가 없지 않는가.

첫째 사례는 정치자금법 위반으로 1심에서 의원직 상실형을 선고받은

이 모(경북 고령 성주 칠곡)를 올 후반기 국회에서 법제사법위원에 배정시켰다. 그는 2012년에 19대 총선 과정에서 경북 성주군의원 김 모 씨로부터 2억 8천만 원을 무이자로 빌린 혐의(정치자금법위반위반)로 기소됐고, 김씨가 2016년 돈을 변제하지 않는다며 고소하자 이 의원은 허위라고 맞고소를 했다. 결국 무고죄가 추가되기도 했다. 법원은 지난 5월 1심에서 징역4개월에 집행유예 2년, 벌금 5백만 원, 추징금 854만 원을 선고했다. 법사위는 검찰 법원 등의 예결산을 심의하고 견제를 하는 곳이다. 그래서 이 의원은 법사위원으로서 법원에 영향력을 행사할 수 있다는 비판이 일각선 나오고 있다. 이 의원은 재판과는 상관없다고 주장하지만 누가 이 말을 믿겠는가. 또 이 의원은 법을 전공한바 없다.

두 번째 사례로는 강원랜드 채용비리 혐의를 받는 염 모 의원은 강원랜드를 소관하는 문화체육관광위원회에 배정했다. 강원랜드 채용비리 수사단은 지난 16일 국회의원 지위를 이용해 지인이나 지지자의 자녀 등 39명을 채용하도록 인사담당자에게 압력을 행사한 혐의로 염 의원을 불구속 기소한 상태다. 그는 자신의 의사와 상관없이 당에서 문체위에 배정했다고 했다.

셋째 사례는 교육위원회에 배정된 홍 모 의원은 학교법인 경민학원 이사장 때 저지른 사학비리 문제로 불구속 기소돼 재판을 앞두고 있다. 75억 원의 학교 돈 횡령과 범인도피 교사 혐의다. 홍 의원은 검찰 수사가 본격화한 뒤 이사직을 그만 둬 문제가 없다는 태도를 보인다. 한국당 세의원은 참으로 독특한 행동으로 유명세를 탔다. 이러한 의원들이 과연 자격과 양심이 있는가. 유권자들은 어떤 판단을 할지 궁금해진다. 이런 행태는 국회법 48조 7항에는 '의장과 교섭단체 대표의원은 의원을 상임위원회의 위원으로 선임하는 것이 공정을 기할 수 없는 뚜렷한 사유가 있다고 인정할 때에는 해당 상임위원회의 위원으로 선임하거나 선임을 요청해서는 안 된다'고 정하고 있다. 이들 세 의원들은 모두가 '공정을 기할 수 없는 뚜렷한 사유'에 해당됨에도 한국당 원내지도부가 배치했다는 것은 국회법도 위반이지만 국민을 졸로 보는 의식이 분명히 있다는 지적이 나온다.

또 가소로운 변명이 더욱 화가 난다고 일갈한다. '의원들의 지역이나 전문성 등을 고려해 상임위 배치를 했지만 흠 없이 하는 것이 쉽지 않다'는 것이다. 한국당은 지금도 과거 독재정권의 전횡을 고치지 못하고 동료의원을 감싸고 국민을 기만한 정치에는 국민은 동의하지 않을 것이다. 이런 오만과 구태는 보수정당 몰락의 원인이 되기도 한다. 아직도 정신 못 차리고 고정관념을 깨지 못하면 21대 총선에는 무릎치고 때늦은 후회를 할 것이다. (2018. 5. 13)

서울 '빅3' 시장후보 선거전 엿보기

자유 민주국가에서 '선거는 축제이고, 민주주의 꽃'이라 불린다. 사실 정치권력은 선거를 통해 국민의 선택을 받아야 소기의 목적을 성취한다. 따라서 후보자들은 목적을 위해 수단과 방법을 가리지 않는다. 선거 때면 으레 네거티브전략이 등장한다. 선거운동 과정에서 상대방에 대해 '기면 기고 아니면 그만'이라는 마구잡이식으로 하는 음해성 발언이나 행동이 이제 그 위력을 잃어가고 있다.

사실상 선거분위기가 과열되면, 상대후보의 개인 및 집안 문제, 정체성 등을 발설하여 혼탁하게 만들고, 유권자들마저 혼미하게 한다.

하지만 현대선거는 네거티브를 주 전략으로 활용한 후보들이 낙선의 쓴 잔을 마신다. 또 형사책임을 지기도 한다. 실제로 유권자들이 후보자들에 대한 많은 정보를 언론매체를 통해 인지하고, 평소에도 정치인의 일거수일투족은 세인들께 알려져 평가의 기준으로 삼는다. 현재 젊은 유권자들은 똑똑해졌다. 과거에는 유권자의 눈과 귀를 속이고, 영혼마저 훔쳐갔다. 그러나 현대사회는 네거티브전략에 속지 않고 되레 분노감을 느낀다. 후보자의 인격, 정책, 소속 정당 등에 무게를 둔다. 상대 후보를 비방 음해한 것은 정치적 공해이고, 유권자들에게 심리적 학대라는 인식을 갖게 됐다.

19대 대선을 시점으로 새로운 변화가 생겨났다. 코앞에 6·13지방선거를 앞두고, 각 정당은 선거 전략가지고 유권자들을 향해 공략하지만, 그들은 차분하고 냉정한 분위기다. 언론매체의 관심거리는 이웃 서울, 시장후보 선거전이다. 그 이유는 대통령 다음가는 영예롭고 책임이 큰 자리기 때문이다. 그래서 일까. 여야 간 치열한 공방과 공정한 대결을 통해 얻어진다. 흔히 '서울서 이기면 다 이긴다'는 의미를 알 것 같다. 현재 서울시장 후보에 이른바 '빅3'의 쟁쟁한 세 사람이 각축전이 벌어지고 있다. 잠깐 그들의 정치적 행보를 수박 겉핥기식으로 옮겨보고자 한다.

먼저, 박원순(56년생)씨는 경남 창녕 출신으로 1975년 서울대 사회계열에 입학한 지 수개월 만에 유신체제 반대 학생 운동과 관련하여 긴급조치 위반으로 구속되면서 대학에서 제적되기도 했다. 이후 단국대학교 사학과에 재입학하여 졸업한 뒤, 사법고시를 합격하여 1982년 대구지방검찰청 검사로 첫 발령을 받았으나, 6개월 만에 사표를 내고, 이듬해 변호사로 나서 인권변호 및 시민운동에 참여했다. 정치권에 들어와 3번째로 서울시장에 도전하고 있다. 그의 장점은 타 후보에게 일체 비방을 않는다. 타 후보가 무차별 공세에도 무대응 전략으로 일관한 입장이다. 성격이 차분하고 인품이 훌륭하다는 주위 평을 받고 있다.

두 번째, 김문수(51년생)씨는 경북 영천출신으로 서울대 경영학과를 졸업한 뒤, 김근태와 함께 서울 구로구 구로공단에 위장 취업하여 노동자로 활동하기도 했다. 그는 1990년대 초 공산주의권 국가들의 몰락을 지켜보며 '좌파적 노동관'을 버리고 온건론으로 노선을 선회하였다. 경기 부천시 소사구에서 제15대 총선에 출마해 내리 3번이나 당선됐다. 이어 경기도지사도 두 차례 지냈다. 20대 총선 때, 대구로 내려가 고배를 마셨다. 그는 태극기집회에 참가해 박근혜 탄핵에 반대했다. 또 문재인 대통령의 연설 과정 등 여러 가지를 보면, 이 분은 김일성 사상을 굉장히 존경하는 분이라고 말했다. 이에 누리꾼들로부터 '김문수 변절자', '아직도 빨갱이 타령인가', '허위 사실 유포범' 등 비판이 쏟아졌다.

마지막, 안철수(62년생)씨는 부산출신이다. 서울대 의학과를 졸업하고 대학교수도 역임했다. 정치경력 짧은데 비해, 국회의원만 2선인데 그나마 한 번은 보궐선거였고, 다른 한 번은 대통령 선거에 출마하겠다며 재임 중 사퇴했다. 게다가 정당을 세 번이나 옮겨 정치철새란 별명이 따라붙었다. 또 동료의원들과 화합을 못한다며 '독불장군'이라고 지목한다. 민주당과 한국당서는 그를 향해 꼼수정치, 철새정치, 이미지 정치, 바람정치, 미숙아 정치라고 비판한다. 한때 그에게 뭔가 어색하고, 분명하지 않은 정체성 논쟁에 불붙었다. 또 정치야욕만 앞세운 나쁜 이미지가 그의 짧은 정치인생을 뒤흔들고 있다.

최근 서울시장 세 후보에 대해 이데일리가 여론조사 전문기관 리얼미터에 의뢰해 지난 13~14일 이틀간 실시한 바에 따르면, 박 시장의 지지도는 60.8%, 김 후보 16%, 안 후보 13.3%로 나타났다. 이런 결과는 평소 정치행보에 영향을 끼친 것 같다. 타 정치인들도 타산지석으로 삼았으면 한다. 혹자는 '빅3' 세 후보가 다 경상도 출신이라는 데 문제제기를 한다. 지난 19대 대선 후보자도 '빅4'가 '문재인 홍준표 안철수 유승민'도 마찬가지다. 왜? 타시도 출신은 여기에 한 명도 끼지 못했는가. 이런 흥미로운 현상에 정치평론가도 침묵하고 있는 점은 한국정치사의 비극이다. 『나는 빠리의 택시 운전사』의 저자인 홍세화(언론인. 소설가)씨는 일찌감치 '영남패권주의가 민주주의를 퇴행시켰다'고 예리한 지적을 칼럼을 통해 밝혔다. 프랑스 정치가 토크빌은 '정부의 수준은 곧 국민의 수준이다'라고 했다. 민주주의의 성숙은 민(民)의 성숙이고, 민주의식의 성숙 없이는 가능하지 않다고 주장했다. 아울러 '국민이 국민대접 못 받고 신민(臣民)으로 남아 있을 때, 성숙된 민주주의를 기대하는 것은, 산에서 고기를 구하려는 것과 같다'고 한다. 우리 국민의 가슴에 깊이 새겨두고 음미해 볼 경구이다. (2018. 5. 17)

전두환 전 대통령께 드리는 고언

제례하옵고, 먼저 필자가 드린 고언에 오해 없으시길 소망합니다. 실은 당신이 12·12쿠데타로 실권을 잡았을 때, 국민의 한숨소리는 깊어만 갔습니다. 80년 '광주민주화항쟁'에 대한 군계엄군의 충정작전은 한마디로 잔인무도한 만행으로써, 대한민국 건국 이래 가장 끔찍하고 잔인한 참극이었기에, 현재도 광주시민의 아픔과 상처가 아물지 않았습니다. 최근 5·18 왜곡을 국방부가 직접 만들었다는 문건들이 나오고 있습니다. '북한군 개입. 집단발포 부정. 무장폭도 만행' 3대 거짓 주장을 담은 〈광주사태실상〉이란 국방부가 펴낸 책자도 나왔고, 군 상황일지, 작전기록이 물증들이 속출하고 있는데도 오리발을 내밀고 있습니다. 그 당시 내외국인 기자들이 현장을 촬영한 기록물, 신군부 기획서 및 보고서 등, 증언과 증인 증거물들이 산더미처럼 쌓여있습니다. 다만 당신 혼자 빨 뺌하고, 잘못과 허물을 인정하지 않고 있어 원망과 증오의 대상이 되었습니다.

반대로 정의를 위해 항거했던 시민들은 소중한 목숨을 잃었고, 수많은 사람들이 신체적 장애와 사고후유장애(트라우마)를 얻어, 평범한 행복이 파괴되고 평생을 고통 속에서 살아가고 있습니다. 하지만 긴 세월이 지났음에도 그 진실은 여전히 오리무중 상태에서, 지난해 당신의 거짓과 변명을 담은 회고록(황야에 서다) 출간으로 다시 사회 이슈화되어 일파만파로 번지고 있어 주목받고 있습니다. '5·18광주민주화항쟁'의 진실과 당신의 회고록이 싸우려한 것은 그야말로 당랑거철(螳螂拒轍)입니다. 또한 손으로 하늘을 가리려는 것과도 같습니다. 그런 생각을 고이 접으시길 간절히 당부 드립니다. 알다시피 충무공 이순신장군께서 '사즉생, 생즉사(死卽生, 生卽死)'라고 했습니다. 즉 '죽고자 하면 살고, 살고자 하면 죽는다'는 의미를 되새겨 보시면서, '부하에게 책임전가 마시고, 모든 책임은 내게 있다'고 용기 있는 고백을 하면 어떠시겠습니까?

사실상 38년 전 오월 광주의 아픔은 국민의 아픔입니다. 아직도 해결되지 않은 우리 역사이며, 여야 정치세력의 갈등이고 불씨입니다.

한편 당신 측근들의 달콤한 아첨은 독입니다. 주위 잘못된 권유도 전혀 도움이 안 됩니다. 지성과 양심의 소리를 귀담아 들으시고, 진정으로 속죄하는 마음으로, '대국민사과문'을 직접 작성해 발표하십시오. 그리고 난 뒤, 광주망월동묘역을 찾아가서 '민주영령들 앞에서 무릎을 끊고 사죄하십시오' 그러시면 광주시민의 한(恨) 맺힌 응어리도 다소나마 풀리고, 꼭 받아주실 거라고 믿습니다. 이 길만이 최후의 기회이고, 최선의 방도가 아니겠습니까? 이제 졸수를 코앞에 두고 있어, 머지않아 기억마저 사라지게 됩니다. 그래서 지체하지 마시고 용단을 내리면, 온 국민도 환영할 겁니다. 내가 죽고자하면 살게 된다는 게 세상이치입니다. 바위처럼 무겁게 짓눌린 깊은 고민도 뜻하지 않게 해결될 수가 있습니다.

끝으로 소생의 간곡한 고언이 나비효과가 되어 당신의 마음을 크게 움직여 주시길 하나님께 기도드리면서 이만 펜을 놓겠습니다. (2018. 5. 20)

5·18민주화항쟁과 어느 극우 논객의 허구

5·18민주화항쟁은 불의한 국가권력이 국민의 생명과 인권을 유린한 우리 현대사의 비극이다. 하지만 이에 맞선 시민들의 항쟁이 민주주의의 이정표를 세웠다고 모든 학자들은 평가했다. 하지만 지만원(44년생)씨는 인터넷상에 '지만원의 시스템클럽'이란 웹사이트를 개설하여, '80년 광주민주화운동' 때 북한군 600명이 광주에 침투하였다는 거짓주장으로 광주정신을 폄훼하고 있다. 이 같은 뜬금없고 생뚱맞은 막말과 궤변에 경악을 금치 못한다. 오직 전두환 전 대통령에게 혼신을 바쳐, 그를 비호하는 글을 써서 논란거리가 되기도 한 괴짜인생이다. 사실상 '광주민주화운동' 원인과 전개과정, 그리고 이를 진압하기 위해 공수부대를 투입시켜 시민을 학살한 참사에 대해 '하늘도 알고, 땅도 알고, 온 국민들이 다 알고 있는 역사적 사실'에 대해 거짓과 왜곡으로 일관하고 있는 외눈박이 극우 논객으로 알려졌다.

지만원씨는 근거도 없이 사복 입은 시민군을 그의 눈에는 북한군으로 착시하고, 당시 사진에 북한군 간부의 이름을 하나하나씩 표기하면서 가증스럽게 조작하여 유포한 행위 자체는 분명 범죄일 뿐이다. '5·18 광주민주화운동'의 저항정신의 의미와 가치를 뒤늦게 깨우친 양심세력은 광주시민에게 위로를 보내고, 그들의 거룩한 희생정신에 감사하며, 동참하지 못한 점이 부끄럽다고 실토했다. 한편 정치적 편향성이 강한 지씨의 막말과 궤변을 도를 넘어서고 있다고 일각선 한목소리다. 그의 주장은 민주시민을 우롱하고, 5·18민주화항쟁 역사를 알지 못한 젊은 세대에게도 나쁜 영향을 끼치고 있다. 자주 논란의 중심에 선 지씨는 세월호 침몰 사고를 언급하며 '국가를 전복하기 위한 봉기가 북한의 코앞에서 벌어질 모양이다, 시체장사에 한두 번 당해봤는가?'라고 막말을 하여 유족들 가슴에 대못질을 하기도 했다.

그뿐만이 아니다. '친일 옹호 발언, 일본군 위안부 가짜설, 386을 미친 것들'이라고 했다. 또한 DJ가 '독도는 우리땅'을 금지곡으로 지정했다고 거짓 주장해, 허위사실 유포혐의로 기소된 적도 있다.

또 한편 지씨가 주장한 '5·18 폭동, 북한군 개입 설'을 '전두환 회고록'에 슬며시 끼워 넣은 게 문제가 되어, 5월 단체와 유가족이 제기한 '전두환 회고록 출판 및 배포금지 가처분신청'에 대해 법원은 인용 결정을 내렸다. 최근 들어 전두환씨 자택에 경찰인력을 철수한다는 이칠성 경찰청장 발표에 발끈하면서 '전두환을 살해하고 싶은 빨갱이들은 지금부터 살해할 준비'라고 했다며, 경찰청장이 살해를 교사하고 있다는 억지논리를 펴기도 한다. 알다시피 표현의 자유도 한계를 넘어서면 법적 처벌을 받게 된다는 게 상식이다. 사회적 갈등을 조장하고, 국민정서에 불을 지르는 행위를 방치한다면 결국 그 피해는 국민의 몫이 되고 말 것이다

독일은 제2차 세계대전 때 저지른 만행을 국가가 공식적으로 무릎을 꿇고 사죄한다. 게다가 나치스 찬양을 법으로 금하고 있다. 이렇듯 우리도 5·18민주화항쟁에 비방하거나 조롱한 자를 처벌할 수 있는 특별법을 입법화해야 한다. 누구든지 역사를 바라볼 때, 명백한 사실을 명백하게 인식하

는 데서부터 출발하지 않으면 안 된다고 본다. 그리고 '산타나야법칙'은 과거를 망각한 사람은 숙명적으로 그것을 반복하게 된다고 했다. (2018. 5. 23)

적폐청산 없이 한국의 미래 없다

우리사회는 적폐청산에 대한 다양한 주장과 해석이 제기되고 있다. 적폐란 말은 박근혜 전 대통령이 도입해서, 적폐청산 범위를 무차별로 확대하여 '비정상의 정상화'라는 주술적 축문을 낳았지만, 결국 세간의 조롱거리가 되고 말았다. 지난해 "적폐청산"을 추진하려는 여당과 이를 저지하려는 야당의 첨예한 기 싸움을 온 국민은 앉아서 강 건너 불구경하듯 보면서 쓸쓸한 뒷맛을 남겼다.

과거 두 분의 전 대통령의 개인비리에 방점을 두고 주변 인물 및 국정원장 몇 사람만 구속시켜 놓고 마치 적폐청산을 다한 듯 느슨한 생각으로 쉬고 있다. 한편 적폐는 권력에만 존재하는 것이 아니다. 우리 사회 곳곳에 뿌리 깊이 박혀 있는 부정 비리 부조리 등을 찾아내어 버릴 것은 버리고 개선 할 것은 과감히 개선하여야 된다는 게 전문가의 진단이다. 국정감사장서 보듯이 여야가 '적폐청산'에 관해 대결하는 양상이 볼썽사나웠다. 여당인 민주당은 이명박·박근혜 정부의 '적폐청산'을 최우선 화두로 삼았다.

반면 제1야당인 한국당은 문재인 정부의 '외교·안보 정책' 무능을 강력 비판하며, 김대중·노무현 정부를 '원조 적폐'로 규정해 맞불작전으로 물타기를 하였다. 국민의 잣대는 무시하고, 야당의 잣대로만 들이 댔다. 뿐만 아니라 '적폐청산'이 국감장서 정쟁의 도구가 되어 야당이 피해 볼 순 없다는 거센 반발로 덮어지고 말았다. 사실은 적폐청산은 국민을 위한 것이지, 여야의 정당을 위한 것이 아니지 않는가. 대다수 국민 생각은 과거 정권에서 잘못된 것이 있으면 당연히 바로잡아야 된다고 알고 있다. 그렇지만 '아전인수격'으로 국감을 '내로남불'로 인해 국민 한숨만 깊어지게 만들었다.

사실상 적폐청산은 정부여당의 힘으로 가능한 일이다. 촛불민심이 지지하고 성원한 의미를 외눈박이로 보지 말고, 양 눈을 부릅뜨고, 양 귀를 열고 국가와 국민을 위해 개혁은 중단시켜서는 안 된다.

하지만 문 정부는 벌써부터 피로감을 느끼고 있는 것 같다. 그러나 국민의 열망을 어느 정도 충족시키지 못하면 민심은 쉽게 등을 돌리는 게 세상이치다. 현재 적폐청산에 반발 주류들을 보면, 국민정서를 조장하여, 올바른 방향으로 가지 못하도록 기득권층이 방해하고 가로 막고 있다. 언론, 학계, 정치, 재계, 관료사회 전반에 걸쳐서 꿈틀 댄다. 올해 1월 초경, '한국사회여론조사연구소(KSOI)'의 여론조사 결과, '문재인 정부의 적폐청산 및 부정부패 척결을 위한 활동'에 찬성 77.1%, 반대 20.9%에 비해 무려 55.2%포인트가 높은 수치를 보였다. 이점을 절대 간과해선 안 될 것이다.

실제로 적폐청산이 사회개혁이다. 따라서 투철한 사명감과 책임감으로 후손들에게 꿈과 희망 있는 미래사회를 열어주고, 통일조국에서 행복과 풍요를 만끽할 수 있도록 터전을 닦아 줘야 한다.

알다시피 적폐청산은 정치보복과 다르다. 야당과 기득권층은 동일시 여기면서, 날선 항변이 만만치 않다. 그런다고 그냥 적폐를 묻고 갈 수는 없지 않은가. 그대로 두면 다시 독버섯처럼 자라나서 그 피해는 끝내 국민의 몫이 되고 만다. 과거처럼 국민은 우매한 존재가 아니다. (2018. 6. 4)

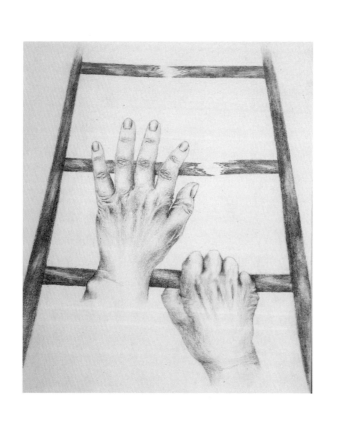

4부

문 대통령, '고뇌에 찬 결단' 감탄과 경이

지난 26일 오후 3시부터 5시까지 두 시간동안 판문각서 2차 남북정상회담이 전격적으로 진행됐다. 이를 두고 '핵보유국보다 센 게 문재인 보유국이다'라는 신조어가 등장하면서, 네티즌들은 위기관리능력을 호평했다. 하지만 한국당은 '깜짝 쇼, 도움 될지 우려'된다고 했다. 또 홍 대표는 지난 27일 당사에서 '2차 남북정상회담' 관련 "김정은 북한 국무위원장이 곤경에 처한 문재인 대통령을 구해준 것"이라고 평가 절하했다. 이어 "북한 입장에서 보면 미국의 압박이 견디기 힘들 정도고, 한국 입장은 문 대통령이 워싱턴 갔을 때, 미국이 보인 외교적 결례로 외교 참사를 겪었다"고 혹평했다.

한국당은 남북 사이 화해와 교류의 평화적 물꼬를 튼 적이 있는가. 또 문 대통령처럼 애국애족의 정신으로 분단된 조국에 대해 깊은 고민을 해봤는가? 라고 되묻고 싶다. 지난 9년간 반목과 대립으로 인해 '핵실험과 미사일'을 쏘게 하고, 전쟁 위기고조로 국민을 불안감에 떨게 했다. 그럼에도 반성할 줄 모르고, 부끄러워할 줄 모른다. 문 정부 들어서야 북한이 새로운 변화를 진정으로 바라고, 김정은 위원장이 미국과 정상회담을 통해 '비핵화'를 하겠다고 선언했다. 이에 북미 정상회담을 간절히 희망하는 북한을 돕기 위해 문 대통령은 중재자로 나서 피 말리는 시간을 보냈다. 그러나 야당은 위로는 못할망정, 놀부 같은 심보로 어깃장을 놓았다. 역대 대통령 중, 어느 대통령께서 남북화해와 평화와 번영을 위해 이처럼 신념과 열정을 갖고 심혈을 기울이거나 쏟은 적이 있는가.

물론 DJ께서 한반도 통일의 화두를 던졌고, 이어서 노무현 전 대통령께서도 뜻을 함께 했지만, 애석하게도 두 분은 명운을 달리했다.

특히 분단조국에서 하나로 통일하자는 한겨레의 소원을 걷어차는 정당과 단체가 있다면, 그게 반국가적이고, 반민족행위로써 대역죄이다. 또 한편 한때 민주당에 몸담았던 이언주는 안철수를 따라 바른미래당으로 가더니, '김정은이, 여당 최고 선대본부장이다'라고 페북에 궤변을 올렸다. 그녀는 '정치 초년생으로서 진보와 보수를 부나비처럼 넘나들면서, 변신을 거듭한 모습이 역겹기를 넘어 증오스럽다'는 여론의 지탄을 받고 있다. 그뿐만이 아니다. 보수종편 패널의 침 튀기는 주장을 들어보면 하도 해괴망측하여 소름이 돋을 정도다. 그들은 진영논리에 따라 춤추면서 거짓과 왜곡으로, 여당 흔들기에 혼신을 다하고 있다. 사실상 그들은 한반도에 재앙의 불씨를 지피고 있어, 매우 위험스런 존재들이다. 따라서 정부의 강력한 조처도 필요하다.

다른 한편 아베정권의 봄날은 갔다. 일본 언론에 따르면 아베 신조 총리는 오는 9월에 치러질 자민당 총재 선거에 먹구름이 짙게 드리워지고 있다며, 3연임에 실패 가능성이 높다고 관측한 것이다. 이명박근혜 정부와는 달리 문 대통령은 일본에 당당했다. '왜곡역사교과서' '독도영유권주장' '위안부재협상' 등 양국이 정치적으로 해결할 문제다. 아베처럼 정치도의 기본을 일탈하면 결국 득이 되지 않는다. 문 정부 들어서 이제야 국가다운 국가로 정상적으로 가고 있다. 하지만 '안보외교'만큼은 초당적으로 대응해야함에도, 보수야당의 정치공세를 하는 것을 보면, 국민의 우려가 높아질 것이다. 오는 6월 12일 '북미 정상회담'을 앞두고, 지난 24일 미국을 방문한 문 대통령에게 미국 트럼프 대통령은 "굉장히 신뢰할 수 있고, 한국이 문 대통령을 가진 것은 행운"이라고 칭찬을 아끼지 않았다. 러시아의 아시아전략센터소장 게오르기 톨로라야는 "문 대통령, 북미협상 조정자 역할을 성공적으로 수행했다"고 높이 평가했다. 중국 왕치산 부수석은 "어떠한 상황에서도 한반도에서 전쟁이 발발하는 것을 용납하지 않을 것"이라고 밝혔다. 이처럼 주변국에서 문 대통령의 리더십에 큰 관심을 보이면서 추이를 살핀다. 과거처럼 굴종과 종속의 굴레서 벗어나 '운전자론'에 자주권이 실려 있는 점에 한국인의 자부심을 느낀다.

문 대통령은 향후 한반도 평화와 통일로 가는 여정에서 남북관계의 물줄기를 바꾸겠다고 천명했다. 순탄치 않겠지만 포기하지 않겠다는 의지도 피력했다. 여당은 국민 지지율이 높아가고, 더불어 문 대통령의 2차 정상회담을 '고뇌에 찬 결단이다'라며, 감탄과 경의를 표하고 환영과 지지를 적극 보낸다. (2018. 5. 28)

정치인의 네거티브전략, 부메랑으로 돌아온다

6·13 지방선거활동이 시작되면서 여야는 본격적인 유세전에 나서고 있다. 첫 주말(6월 1일)에 민주당 추미애 대표는 한국GM 공장폐쇄로 어려움을 겪고 있는 군산을 찾아, 강임준 시장후보 사무실서 "우리 후보들이 군산경제를 일으키고, 전북을 도약시킬 자신감으로 똘똘 뭉쳐있다"라고 했다. 반면 한국당 홍준표는 울산을 찾아, 김기현 울산 시장후보 캠프서 "문재인 정부 경제참사 규탄 서민경제 2배 만들기" "민주당이 여론조사 우위라는 건 허구"라고 했다. 두 대표의 내 놓은 말의 결도 차이가 있다. 추 대표는 시민의 삶을 걱정하고 용기와 희망의 메시지를 전달했다. 하지만 홍 대표는 문 정부 경제참사니, 민주당 여론조사 허구라니, 하는 말로 민주당 깎아내리기와 헐뜯기에 초점을 맞췄다. 문 정부가 겨우 1년 집권으로 경제를 망쳤다는 주장은 설득력이 없다. 이명박근혜 정권 9년간 국정농단에 대한 반성보다는 민주당에 덮어씌우기 식의 정치공세가 득이 될지는 의문이다.

또 여론조사는 정부나 민주당서 하는 게 아니라, 사설(私設) 여론기관서 하는 결과를 놓고 허구라는 지적도 부적절하다. 야당의 낮은 지지율의 이유를 정확히 파악하지 못한 채, 여당의 높은 지지율을 시비한 것은 온당치 못한 태도다. 따라서 지도자의 말 한마디에도 민심의 향방을 좌우할 수 있기에, 신중해야 한다. 지방 선거를 10일을 앞둔 가운데, 지금 우리나라는 역사적인 전환기를 맞이하고 있다. 68년간 '불구대천지원수'처럼 적대시해온 북미관계가 새로운 국면을 맞이하고 있다. 그동안 온 국민이 북한의 핵보유로 인해, 불안과 위험을 느껴온 게 사실이다. 이런 문제 해결하기 위해 문 대통령은 피를 말리는 긴장과 고뇌로 북한 정상과 두 번 회담하고, 미국을 두 번 건너가 트럼프와 만나 중재 역할하면서, 오직 한민족 평화와 번영을 위해 노력하는 모습이 눈물겹도록 큰 감동을 준다.

과거 남북 화해를 주장하고 힘 쓴 대통령을 빨갱이니 종북이니 용공이니 하는 상투적인 용어로 상대세력을 학살시켰던 한국적 매카시즘의 아류들이 설 땅을 잃어 버렸다. 이제 2, 40대의 높은 정치수준과 지혜를 통해 남북관계 변화와 우리사회 개혁의 필요성을 공감한 나머지 여당을 적극 지지하고 나서는 것은 고무적 현상이다.

아직 정의로운 촛불민심이 훨훨 타고 있다. 민주당의 든든한 버팀목이다. 이명박근혜 정권 9년의 실정을 쉽게 망각해 버리고 과거로 회귀한다면 문 정부의 정책추진은 힘들어질 것이다. 특히 정치인은 여야 말론하고 정직과 겸손한 마음으로 국민을 위한 희생과 헌신적인 노력 없이는 신뢰를 잃을 것이다. 또한 막말과 궤변으로 논란을 일으키면 조롱과 야유의 대상이 되고 만다. 요사이 네거티브전력이 가장 심각한 곳은 경기도지사 후보 선거전이다. 근거가 없거나 가짜뉴스를 가지고 상대후보를 의도적으로 공격한 측은 절대 유권자의 환심을 사지 못한다. 만약 악랄하게 인신공격한 정치인이 성공한다면 그 사회는 미래가 없다. 거짓과 왜곡이 잠시 이길 수는 있지만 영원히 이길 수는 없을 것이다. 최근에 『김기춘과 그의 시대』(김덕련 지음)란 책이 시중에 나왔다. 정치인들은 한번쯤 읽어보시고 반면교사로 삼길 권한다.

몇 구절을 여기에 옮겨보면 이렇다. 그는 33살 나이에 유신헌법을 초안하고, 중앙정보부 대공국장, 검찰총장, 법무부장관, 3선국회의원 등 출세가도를 신나게 달렸다. 하지만 그가 수년간 저지른 악행이 적지 않다. 그중 예화를 몇 개 들어보면 재일 동포유학생 간첩조작 사건(1975), 문익환 목사 구속(1989), 강기훈 대필 조작사건(1991), 초원복집 사건(1992) 등이다.

또한 박근혜 정권서 왕실장으로 지내면서 문화계 블랙리스트를 만들고도 '기억이 안 난다'고 발뺌한다. 그의 공작정치는 범죄가 되어 영어의 몸이 됐다. 결국 초라한 모습으로 법정에서 눈물을 훔치면서, '팔순 앞둔 아픈 아내와 병상에 누워있는 외아들 손을 잡아주고 싶다'고 관용을 호소했다.

내 자신과 내 가족이 소중하면 남과 다른 가족도 소중하다는 인식이 없었을까. 참으로 안타깝다. 김기춘의 인생말로를 보면서 깊은 연민의 정을 느낀다. 논어의 공손축(公孫丑)에 반구제기(反求諸己)란 말이 있다. 즉 잘못된 일에, 남을 탓하지 말고, 자기에서 원인을 찾는다는 뜻이다. 또한 불가(佛家)에서 나온 "자업자득 인과응보(自業自得 因果應報)"의 가르침이 있다. 선한 행위에 선과가 오고, 악한 행위에 악과가 따른다는 것이다. (2018. 6. 2)

극우 논객 지만원, 괴기스럽다

　잊을 만하면 언론에 등장한 극우 논객 지만원씨가 지난달 31일 어느 보수종편 기자와 인터뷰한 장면이 영상을 탔다. 그는 "내 글 12개로, 임종석은 주사파고 대한민국을 파괴하는 자고, 종북주의자이고, 이렇게 비난을 했다고, 그게 사실이 아니라고 나를 고발을 한 거야" "나를 또 잡아넣으려고, 고발을 한 거야 고소를…" "오늘 임종석 주사파 떨거지들을 고발을 하는 이유는 우리 대한민국과 대한민국 국민이 살아나기 위해서 발버둥을 쳐야 하는데…"라며 흥분된 감정을 감추지 못했다. 지씨의 횡설수설한 주장은 "임실장이 자신을 고소한데 대해, 자신도 맞고소 했다"는 취지다.

　지만원은 누군가?
　언론 통해 얻은 정보에 따르면, 그는 20대에 군문에 들어가서 영관장교로 퇴직한 뒤, 극단적인 보수주의자 사상을 가지고 극우 논객으로서 활동한다. 일각선 그를 지칭하기를 '가짜안보 장사꾼'이라는 조롱 섞인 별명도 붙어있다. 또 이름 뒤에 박사 호칭도 붙이고 있다. 세간선 혹시 가짜박사가 아닐까하는 의혹제기도 있지만, 그의 경력에 미국 해군대학원서 시스템공학 박사학위를 받았다고 적혀있다. 생소한 느낌의 학위인데 전공과는 달리, 편향적 정치성향을 갖고, 정치칼럼을 쓴 논객이라는 게 맞는 것 같다. 사실상 논객은 사물의 옳고 그름을 따지는 데 능숙한 사람을 말한다. 하지만, 그는 '옳은 것을 그르다'고 쓰고, '그른 것은 옳다'고 쓰는 청개구리

식 글에 대해, 전문가들은 궤변 또는 괴담수준이라고 치부한다.

한편 지씨는 한국 '메카시즘 제조가'다. 한국에서 제2인자로 알려졌다. 제1인자 제조가는 조갑제(전 월간조선 편집장)다. 그들은 민주세력 애국자 등에 비수를 꽂고, 정치인 등 명예를 훼손시켜, 피해 당사자로부터 고소당해, 수차례 형사처분을 받았다.

특히 지씨는 광주민주화항쟁 관련 북한군 600명 개입설을 퍼뜨렸다가 광주시민으로부터 여러 차례 고발을 당한 바 있다. 실제로 국방부가 1985년 7월 펴낸 국군장병과 예비군들 정신교육을 시킬 목적으로 제작된 팸플릿(광주사태의 실상)에 '북한군 개입' '계엄군 집단발포 부정' '무장폭도 만행' 등 이른바 5·18민주화운동의 3대 왜곡내용이 담겨있다. 지난해 발간된 〈전두환 회고록〉을 비롯해, 지씨 등 5·18을 지속적으로 왜곡하고 있는 일부 세력들의 주장과도 일치한다. 이에 대해 김희송 전남대 교수는 "1985년 5·18 왜곡을 시도한 비밀조직인 '80위원회'가 활동을 시작하면서, 대응논리를 만들어 처음으로 교육집을 출간한 것으로 보인다"고 했다. 게다가 극우파시즘의 '일베 사이트'는 공공연히 독재를 옹호하고, 전두환씨를 찬양하며, 한국당을 지지한다. 아울러 가짜뉴스를 전파시켜 민주당을 공격한다. 그들의 정치적 성향은 오직 보수야당에 꽂혀있다.

지금도 특정 지역 비하, 종북몰이, 신상털이, 자유민주주의 반대, DJ의 모독 등 반인륜적 글로 도배질하고 있다. 이런 반사회적 행위가 얽히고설키어 있는 게 일그러진 한국의 사회상다. 지씨의 구체적인 사례 몇 개를 여기에 옮겨 살펴보자.

사례1, 영화 '택시운전사'의 실제 주인공으로 알려진 김사복씨가 '북한의 사주를 받는 불순단체와 내통했고, 반국가사범'이라고 주장했다. 사례2, 4·19 혁명 참가자에 대해 '시위 한번 한 것 가지고 무얼 그리 나대는가? 제 일하기 쉬운 게 혈기를 가지고 시위장에 나가는 것이 아니겠는가?' 하고 비판하면서, 3·15 부정선거에 대해 '부정선거도 시대의 산물이다. 부정선 거는 지금도 있을 수 있다'고 평가했다. 사례3, 한승조 前 고려대학교 정치 외교학 명예교수가 '조선이 먹힐 짓해서 일본에 먹힌 것 아닌가' 발언에 동 조하는 입장을 밝혀 비난 여론이 일기도 했다. 사례4, 자신의 홈페이지에 '위안부 문제를 해부한다'라는 제목의 글에서 '위안부 중 80% 몸 팔아 생 계유지 창녀'라는 발언으로 논란을 일으켰다. 사례5, '세월호가 잘 기획된 음모'라며 '좌익 진영이 대규모 폭동을 획책할 모양'이고, '시체장사를 하고 있다'라고 발언해 유가족 가슴에 대못질했다.

혹자는 이처럼 지씨의 기행적(奇行的)이고 허구적인 글이 너무 황당하고 기가 막힌다. 하지만 과거정권이 추켜세우고, '쩐'도 지원해 준 세력이 있다 는 게, '분노와 적대감을 만들어 낸다'고 지적한다. 지씨는 수명에 의해 고 소당한 상태이기 때문에 머지않아 감옥신세를 질 것이다. 언제쯤 그의 망 상과 허상이 사라질지 참으로 부끄러운 일이다. (2018. 6. 3)

자유민주주의, 악의 축

　과거 정권 9년을 돌이켜보면 국민이 위임한 권력을 사유화 하고 정치권력을 오남용하여 자유민주주의를 후퇴시키고 헌법가치를 훼손하여 국민 인권을 유린했다고 지적하고 있다. 게다가 국부를 유출시키고 재벌의 돈지갑을 열개하여 수백억 원을 챙겼다. 이에 국민 대다수는 광화문 광장에 나가 촛불을 들게 했다. 눈 내린 추운 날씨도 구름같이 모여든 수많은 인파들은 '이게 나라냐'며, 목청이 터지도록 외쳤다. 반면 극우 논객들은 '세습유지 정권안보'에 혈안이 됐고 맞은편에서 극우단체들이 맞불을 놓았다. 한편 그들은 3류 소설보다 못한 유치한 혐오적인 글을 퍼뜨려 적폐를 만들어 냈다. 이게 한국 사회의 암 덩어리가 되어 자유 만주주의가 오랫동안 신음하게 했다. 거짓과 왜곡으로 독재를 옹호하고, 권력의 앞잡이가 되어, 마치 안보전문가처럼 행세하면서 광적이고 시대착오적인 정치적 선동을 그대로 방치하면 절대 안 된다.

　특히 두 정권이 빨갱이 굿판을 벌이도록 자리를 깔아주어, 김대중 노무현 전 대통령의 인격을 파괴하고, 야당을 종북 세력으로 거품을 물고 색깔론을 쏟아냈으나 똑똑해진 국민에게는 약발을 받지 못했다. 끝내 공염불로 끝나 정권이 교체됐음에도 이런 추악한 정치행위에 마침표가 찍히지 않는다. 문제는 뒤에서 이를 부추기고 박수치는 야비한 세력이 있다는 것이다. 사실상 한국 지식인은 극우 논객을 매국으로 규정하는데, 자신들만이 애국한다고 착각하고 자나 깨나 빨갱이 타령이다. 왠지 그들은 부끄러운 줄 모른다.

얼마 전, 그들의 인터넷상 누리집에 들어 가보았더니 거짓과 왜곡된 글들로 가득 채워졌다. 보수를 애국으로 옹호하고, 진보를 매국으로 비방하면서 국민 분열을 획책하고 있다. 그 주범들을 살펴보면 '조갑제 닷컴, 지만원 시스템클럽, 일베저장소'다. 혹자는 '자유민주주의의 3대 악의 축이다'고 지적했다.

공히 특정 지역을 비하하고, 5·18민주화항쟁과 DJ 전 대통령을 근거 없이 난도질한다. 뿐만 아니라 현 문 대통령과 여당을 흠집 내는 데도 기를 쓴다. 정말로 망국의 좀 벌레들이다. 정부는 지체 없이 '반(反)국가사범으로 엄벌해야 한다'는 국민여론이 높다.

어디 그뿐만 아니다. 한국에서 메카시즘을 만들어 내는 그들은 편향적인 사고와 과대망상증적 행태로 우리 "젊은 세대들의 정신세계마저 오염시킨다"는 우려가 커지고 있음에도 강 건너 불구경하고 있지 않는가. 괴벨스가 남긴 말에 따르면 "거짓말은 처음에는 부정되고, 그 다음에는 의심받지만, 되풀이 하면 결국 모든 사람이 믿게 된다"고 했다. 또 쥐구멍에 의해 큰 둑이 무너지듯, 그들의 이런 반국가적인 행위가 망국의 길을 재촉하게 하는 요인이 될 수 있다는 점을 관심 없이 대강 보아 넘길 일은 절대 아니다.

특히 지씨는 수차례 피소를 당했는데도 솜방망이 처벌로 여전히 건재하다. 일각선 그의 웹사이트를 폐쇄당하지 않는 자체가 이해되지 않는다고 의미를 부여한다. '지만원의 시스템클럽'을 보면, 왼편 상단에 〈국부 박정희〉 오른 편에 〈역적 김대중〉이라 표기하고, 그 아래 〈12·12 묵념의 공간〉이 있고, 바로 옆에 〈좌익 계보〉라고 써 놨다. 기타 사항은 지면상 생략한다. '조갑제 닷컴'에는 '전두환과 그의 시대, 김평우 전 변현회장의 탄핵 반대론, 국민행동 본부와 정규제 tv' 등 홍보문을 띄워놓고 있다.

'일베 저장소'는 '60년대 김대중씨 연설장면 영상을 올려놓고, 비방한 글로 도배하고 있다'. 또 지만원이 쓴 '김대중씨가 국가보안법 위반행위 및 내란음모죄로 사형을 선고 받은 사건' 등 욕설 섞인 조잡스런 글이 주류를 이룬다. 실제로 적폐청산은 공정하고 정의로운 투명 사회로 나아가기 위한 시발점이다. 실체가 규명될 때까지 멈춰선 안 된다. 아직도 국민들의 요구는 타는 목마름이다.

촛불혁명은 대중의 비폭력 저항이 기존의 지배 블록을 깨는 원천적인 동력이었다. 어느 사회학자는 "독재와 부정부패한 분노에 저항하지 않는 국민은 대한민국 국민이 아니다"고 역설했다. 개인 또는 일부 집단의 혐오 표현으로 인해, 자유 민주사회가 갈등하고 분열할 때, 그 피해는 국민에게 돌아온다. 따라서 정부와 시민단체가 극우들의 몰지각한 작태를 적발하여 법적으로 대응해 나가야 한다. 그래야 번영과 평화의 세상을 만난다.

(2018. 6. 8)

TK 유권자가 '보수틀' 깰 수 있을까

촛불의 무혈혁명으로 민주당이 정권을 창출한 뒤, 처음으로 6·13 지방선거 실시를 4일 앞두고, 적잖은 정치논객들이 선거결과에 대한 나름대로 예측을 내놓고 있다. 실로 보수의 아성이라고 부르는 TK 지역에 새로운 변화의 바람이 불건가. 여전히 고집스럽게 과거 생각에 집착하여 구태를 벗어나지 못할 건가. 큰 관심에 휩싸였다.

1961년 5·16 쿠데타로 정권 잡은 박정희 전 대통령 이후, 그의 딸인 박근혜 전 대통령까지 줄곧 한 당에만 올인 하였기에 역사의 퇴행의 길을 걸었다고 정치학자들은 입을 모으고 있다. 알다시피 TK 지역서는 한국당 공천 자체가 바로 당선이다. 어떤 인물이 나와도 무조건 지지했다. 인물보다는 당을 중심으로 '묻지마식'으로 몰표를 던져왔다. 여태껏 TK에서는 도지사 및 시장을 민주당에 한 번도 내준 적 없었고 만년 한국당의 전유물이었다. 경남지사도 마찬가지다.

한편 6·13지방선거를 앞두고, TK 유권자는 말로는 바꿔보지, 하면서도 투표장서는 한국당을 찍는다. 그 이유는 '미워도 다시 한 번'의 끈끈한 정과 지역 이기주의 때문이다. 지난 6월 4일, 경북지사 후보에 대해 '리서치 앤리서치'의 여론조사 결과에 따르면, 한국당 이철우 37.2%, 민주당 오중기 23.6%, 바른미래당 권오을 9.9%로 나타났다. 같은 날 대구시장 후보에는 한국당 권영진 34.4%, 더불어민주당 임대윤 29.6%, 바른미래당 김형기 5.6% 등으로 나타났다. 결국 TK 정서가 변해야 대한민국이 변할 것이다. 하지만, 언론조사는 젊은 층만 상대하다보니 결과는 늘 빗나간다. 이처럼 지지도가 과거에 비해 근접한 것 같지만, 샤이보수가 숨어있어, 실제 투표결과는 더 껑충 뛸 것이다.

지난 7일 8일 양일간 사전투표율이 20.14%였다. 지난 2014년 지방선거보다 11.49% 비해 두 배 가까운 수치다. 여야 모두 사전투표를 독려했기 때문에 어느 당에 유·불리를 따지기 어렵다. 한편 경남과 부산은 변화바람이 불고 있다. 19대 대선 때, TK와는 다른 양상을 보였다. '공화당'을 시작으로 '한국당'까지 한국 정치지형을 바꾸지 못한 결과는 유권자 자신에게 책임이 있다. 게다가 대물림된 정권은 독재와 부정부패, 국정농단사태 등 초래했다. 특히 사상 유례가 없는 광주시민학살은 민족 참극 뒤에 지역감정이 더욱 커진 원인이 쉽게 설명되지 않는다. 사실상 독재정권은 부정부패, 지역발전의 불균형, 인권침해, 기업의 부 축적, 인사편중 등 참으로 적잖은 실정을 경험했다. 만일 여야가 바뀌가면서 집권했더라면 이미 우리는 선진국가로 진입했을 것이다.

뿐만 아니다. 대통령은 한 지역의 도지사가 아니라 대한민국의 지도자다. 향후 유권자의 인식전환이 필요한 시대다. 한민족의 미래를 위해 '통일선진조국'을 세우는 데, 힘을 한데 모아 주어야 한다.

특히 이명박근혜 정권 9년 동안, 국민은 고통과 피해를 입었는데도, 대다수는 도드라진 반응이 없다는 게 알다가도 모르는 일이다. 두 정권은 '안보단체'에 지원금을 대주며 이용 걸핏하면 관제데모를 시켜 사회질서를 어지럽히고 국론을 분열시켰다. 마치 '가짜안보'를 전가의 보도처럼 써먹었다. 한국 지식인들이 실망한 점은 올바른 선택을 못한 유권자들의 태도 그 자체라고 꼬집는다.

한국당서 배출한 두 전직 대통령이 감옥에 있는데도 부끄럼 없이 되레 큰소리를 친 것을 보면서 역시 한국정치는 코미디라는 것을 알았다. 며칠 전, 국회방송을 봤다. 어느 초선 여의원이 정부 고위직에 있는 분들을 불러 놓고 질의한답시고 저급한 수준의 원고를 들고 나와 고함치며 음해성 인신공격을 하는 모습은 가관스러웠다. 그들이 국민혈세로 고액 세비를 받고 특권을 행사하는 것은 문제가 있다고 자주 지적되어 왔지만 좀처럼 개선되지 않고 있다.

21대 총선 때 막말 궤변 부정부패 비리 등 자질과 능력 없는 정치인을 꼭 기억해 두었다가 반드시 낙마시켜 성숙한 국민의 힘을 보여줘야 한다.

(2018. 6. 9)

구미 시민의 신선한 반란

경북 구미시는 박정희 전 대통령이 태어난 곳이다.

시의 규모는 2읍 6면 19동으로 구성되었고, 인구는 42만이다. '보수의 텃밭'인 TK(대구·경북)서도 구미시가 지닌 무게는 남다르다. 여태껏 구미시는 '박정희 전 대통령의 고향'이라는 굴레를 벗어난 적이 없다. 역대 구미 시장은 수십억~수백억 원의 예산을 들여 박 전 대통령 기념사업을 추진해 왔지만 그 누가 감히 문제 제기를 하지 못했다. 하지만 이런 흐름은 박근혜 전 대통령 탄핵 등의 정국과 맞물리면서 뒤늦게야 조심스럽게 일부 비판 여론이 고개를 들기 시작했다. 만시지탄의 감은 있지만 다행이다. 박정희 시대가 40년이 지났는데도, 지겹도록 우려먹어 왔다. 후세에 역사가들이 평가할 문제를 정치인들이 경제문제만 가지고 추켜 세우면서 한국당을 지지하는 데 '만병통치약'으로 이용했다. 경북 구미시 상모동 박정희 전 대통령 생가 옆 25만949㎡ 터에 조성된 '새마을운동 테마공원'의 모습. 공원은 2009년 김관용 경북도지사가 이명박 전 대통령에게 사업 추진을 건의해 성사됐다. 구미시는 그동안 2명의 시장이 24년 간 각각 3선을 하면서 많은 기업과 노동자가 떠나게 만들었다. 구미 경제는 반 토막이 났다. 박정희 전 대통령을 강조하는 게 도시 브랜드 가치를 높이는 데 도움이 되는지 시민들의 의문을 싹트게 만들었다. 이러한 고민에 공감한 시민들이 늘어났고, 당선까지 이어지지 않았나 추측해 본다. 그렇기 때문에 경제 분야를 중심으로 구미시를 다시 일으킬 새로운 상징을 모색하는 데 뜻을 모았을 것이다.

특히 18·19·20대 남유진 (2006년 7월 1일~2018년 1월 25일) 시장은 박정희 전 대통령을 '반신반인(半神半人)'이라고 칭송하면서, 생존하는 시민의 삶보다는 죽은 박정희 전 대통령에 대한 우상화에 집착했다. 이번 지방선거에는 인구 42만 명의 구미지역은 평균 연령이 37세로 전국에서 가장 젊은 도시다. 30대 이하가 전체 인구의 55%(23만293명)를 차지한다. 따라서 젊은 세대들은 거부감과 지역발전성이 맞물려 이변을 만들어 낸 것이다. 과거 경북지역 표심은 박정희 전 대통령의 고향이라는 상징성 등에 영향을 받는 특성이 강했다. 역대 선거에서 야당 후보들은 25~30%의 지지율을 얻는 데 그쳤다. 그러나 이번 선거에서 장 당선인은 40.8%의 지지를 얻으며 이양호 한국당 후보의 38.7%를 넘어섰다. 구미뿐만 아니라 경북의 다른 지역에서도 무소속 및 민주당 후보들은 상당한 돌풍을 일으켰다. 또 시의회 당선인은 민주당 7명 한국당 11명 바른당 1명 무소속 1명이고, 비례대표는 민주당 2명 한국당 1명이다. 한국당 실패 결과는 외부 요인과 내부 요인이 겹친 데 기인한 것으로 분석된다.

장 시장 당선인은 부산대 한국민족문화연구소 교수였다. 그는 "시민 여러분께서 보내주신 마음을 하늘 같이 받들겠다"며 "선거기간에 한결같이 곁을 지켜준 가족, 선후배, 선거운동원, 시민의 열정과 노고를 마음 깊이 되새기겠다"고 말했다. 장 당선인은 박정희 전 대통령 관련 기념사업의 규모 축소를 시사하기도 했다. 그는 라디오 방송에 출연해 '박정희 기념사업'을 전면 재검토하느냐는 인터뷰 질문에 "그렇지는 않다고 밝혔다. 박 전 대통령을 존경하는 분들이 계시기에 그 자체로는 인정한다"면서도 "다만 기존에 만들어진 것도 이미 상당한 부담을 주고 있다"고 말했다. 이어 "연

60억 정도가 부담되고 있는데, 이를 어떻게 경영할 것인지 아주 허심탄회하게 논의를 해야 할 상황"이라고 우회적으로 사업 타당성에 대한 전반적인 검토에 착수할 뜻을 밝혔다. 또한 "박 전 대통령이 구미시의 브랜드에 얼마나 도움이 되고 있는지는 의문"이라며 "박정희 대통령은 역사 속의 인물인데, 자꾸 호출해서 현재의 권력과 연관시키는 것은 바람직하지 않다"고 말했다.

이처럼 구미시가 변했으니 경북과 대구도 변화지 않으면 결과적으로 도민과 시민이 그 피해는 입을 것이다. 더 이상 '박정희 브랜드'에 갇혀있지 말고 시대의 변화에 동참하여 선진조국을 다 같이 만드는 데 힘을 모아야 한다. (2018. 6. 14)

뿌리째 뽑혀버린 예견된 한국당 지방선거 결과

6월 13일 저녁 6시로 투표마감 시간이 종료된 동시에 각 방송사에서 쏟아지는 출구조사는 조금은 예견했지만 믿기 어려운 결과였다.

'여 압승, 야 참패'에 희비가 교차되는 순간, 티비 앞에 앉아있던 유권자들도 탄성이 터져났다. 그러면서도 혹여 출구조사결과가 정말로 맞을까? 개표결과를 봐야 안심하지, 미리 좋아하다가 나중에 실망한 거 아니냐. 이처럼 반신반의하면서도 참으로 놀랍고도 신기할 정도였다. 그러나 실제 투표율은 출구조사와 거의 일치로 샤이 보수가 없었다. 보수 야당의 침몰 궤멸 참패 어떤 수사를 동원해도 어울린다. 그들은 충격이었지만 국민 대다수는 목마를 때 사이다를 마신 기분이었다. 대한민국 유권자는 정말로 현명했다. 하지만 한국당 사람들은 시대적 흐름에 역행하면서, 백성들을 박정희 시대 때처럼 아둔한 존재로만 인식했다가 충격적인 선거결과에 때늦은 후회하며 야단법석이다. 전국 광역단체장 17개소 중, 민주당 14개 한국당 2개 무소속 1개였다. 한국당서 승리한 곳은 경북지사와 대구시장뿐이었고 제주서 무소속이 당선됐다. 기초단체장 226곳 중, 민주당 151곳 한국당은 53명, 민주평화당 5명, 무소속 17명이 당선됐다. 또 국회의원 재·보궐 선거 12개소 중 민주당 11개 한국당 1개소로 나타났다. 특히 민주당은 서울 25개 구청장 가운데 서초구 단 1곳을 제외하고, 한국당의 초강세 지역이었던 강남·송파를 포함해 24개를 차지했다. 그뿐만 아니다 울산서는 5개 기초단체장 전체를 석권했다. 또 박정희 전 대통령의 고향인 경북 구미에서도 민주당 당선인을 배출했다. 이쯤 되면 '수구 보수 꼴통'당을 해체하라는 국민의 준엄한 명령이다. 아직도 국민의 생각을 헤아리지 못하고 헤매고 있다.

김성태 대표 권한 대행이 지난 15일 국회서 열린 비상의원 총회서 "저희가 잘못했습니다"란 현수막을 걸고, 그 앞에 무릎을 꿇고 "잘못했습니다"라고 세 번을 읊은 뒤, 고개를 푹 숙이는 모습에 과거 같으면 국민들이 동정심이라도 보냈지만, 아예 관심마저 사라졌다.

지방선거 사상 이처럼 민주당 쏠림현상은 처음이었다. 물론 민주당이 잘해서 한 것은 아니라고 여겨진다. 한국당이 9년 동안 나라를 통째로 말아먹고도 자기반성도 없었고, 대안도 없었다. 허구한 날 여당의 발목을 잡고 늘어지고, 여야 헌법 개정을 6·13지방 선거 시에 하자고 약속해 놓고도 파기시키는 등 '빨갱이 타령'의 흘러간 옛 노래만 불러와 국민들이 등을 돌린 것이라고 분석하고 있다.

문재인 정부 1년 내내, 보수야당 홍준표 대표의 독주 독선과 오기정치에 '조중동문' 보수언론은 장단을 맞췄고, 일부 극우세력은 걸핏하면 광화문광장서 태극기를 흔들며 "빨갱이"구호를 외치면서 문 정부를 박근혜처럼 탄핵하자고 했다. 홍 대표는 변화한 시대의 흐름을 모르고, 88년도의 낡고 고루한 고정관념을 깨지 못한 채, 국민 여론을 부정하고 오직 자신의 신념만을 가지고 "나를 따라 오라는 식"으로 국민을 가르치려고 하는 점에 지식인들은 역겨워했다.

그뿐만 아니다. 한국 대통령은 국민이 뽑아줬다. 그런 정부를 주사파 정부로 매도했다. 40%가 지지한 국민들을 우습게 본 것이다. 정치인은 도의

가 없는가. 문 대통령의 청와대에 초청에도 몇 번 불응하다가 지난해 한번 참석해 분위기를 망쳐 놓은 심술꾸러기 행태를 보였다. 게다가 홍 대표는 당대표직을 사퇴하면서 '나라가 통째로 넘어 갔다'고 언중유골을 남겼다. 이를 두고 해석이 분분하다.

현재 한국당서는 답을 찾을 길이 없다. 그 밥에 그 나물이기 때문이다. 혹자는 "외교안보에 합리적인 사고를 가진 2~50대로 새로운 보수정당을 창당하여, 과거에 집착하지 말고, 미래지향적인 개혁정치로 시작하라"고 대안을 내놓는다. 현재 의원들은 서운한 생각도 들겠지만, 국가와 국민을 위해 '정계 은퇴하라'는 것이다.

실제로 '보수라 함은 옛것을 존중하고, 잘못된 것을 반성하고 고쳐 미래의 토양이 되고, 젊은 세대에 희망을 주고 모범을 보이면서, 사회·국가의 진정한 봉사자가 되어야 한다'한다고 의미를 부여했다.

정치인이 과거처럼 '부 명예 권력에 탐욕부리고, 국민을 속이면서 대물림하려는 꼼수정치로써는 성공할 수 없다'는 것을 이번 제7회 지방선거에서 교훈을 남겼다. (2018. 6. 15)

길 잃은 보수야당 바른미래당

2016년 12월 9일 국회에서 박근혜 탄핵을 가결했다. 이날 '무능하고, 일하기 싫어하는, 그리고 뻔뻔한 대통령은 이제 필요 없다'는 국민 여론은 냉정하고 신중했다. 바른미래당 탄생은 박근혜 전 대통령 탄핵(2017. 3. 10)으로 인해 새누리당서 갈라서 나온 보수 정당이다. 지난 2016년 12월 27일 비주류 의원 30여 명은 무너진 보수층 재건과 결집을 위해 구국적 결단을 내렸다고 야심찬 모험을 선택했다. 그들은 박근혜 전 대통령이 지난 4년 동안 민심보다 자신의 집사 같은 최순실씨에 의존해 위법을 자행해온 데다가 보수층의 궤멸을 자초했다고 원인은 밝히며 다른 길로 나섰다. 그 이유는 아시다시피 박근혜가 '배신의 정치'를 언급하면서 유승민를 지목했다. 이 바람에 의원들은 납작 엎드려 충성경쟁 속에서 친박 진박 골박 비박으로 성향으로 나눠졌다.

또한, 박근혜는 사교적인 성격도 아니고 겉과 속이 일치하는 성격이다. 선거에서도 특정인들에 대한 자신의 호불호를 드러내는 것을 자제하는 편이었기 때문에 이처럼 강하게 표현하는 것을 보고 놀랐다고 했다. 하지만 그들의 '외교안보관'은 보수 야당인 한국당과 쌍둥이 형제였다. 정치이념과 같고 행보도 같았다. 대북관계는 극우적이었고, 대여관계는 대립각을 세우고, 정부 여당의 정책에 발목을 잡는 일도 한국당과 다를 바 없었다. 흔히 일각선 한국당 제 2중대라고 불려졌다. 이런 여론이 지배적인 가운데 지난해 6월 26일 당대표로 선출된 이혜훈 대표는 "걸핏하면 종북몰이를 즐기는 낡은 보수야말로 보수의 적"이라고 일갈하면서 한국당과 차별성을 강조했다. 하지만 이 대표는 8월 7일 의원총회에서 "오늘 대표직을 내려놓겠다"며 "안보-민생의 이중위기 국면에서 야당 대표로 소임을 다하지 못하고 사려 깊지 못한 점으로 심려를 끼쳐드려 죄송하다"고 밝혔다.

지난 6월 26일 전당대회에서 당선된 이후 74일 만에 대표직을 내려온 것이다. 이 대표의 사퇴 이유는 지난달 31일 사업가 옥덕순씨로부터 금품 수수를 했다는 의혹이 불거졌기 때문이다. 이 대표는 이 같은 의혹을 전면 부인하고, 빌린 돈이 있는 것은 맞지만 모두 되돌려줬다고 해명했다. 이 대표는 "억울한 누명이지만 모든 진실과 제 결백을 검찰에서 떳떳하게 밝히겠다"고 했다. 바른정당의 새로운 변화를 보지 못한 채, 대표직을 떠나게 되어 주변에서는 안타까운 일이라며 입을 모았다. 또 야무진 포부에 기대를 걸었지만 물거품이 되고 말았다. 국민들은 달라지기를 기대하면서 지켜봤지만, 과거와 행태는 조금도 변화가 안 보였다. 이에 국민들은 속았다고 가슴이 부글부글 끓었지만 침묵으로 일관했다.

지난해(5월 9일) 제19대 대선에 바른정당 대선후보로 뛰어든 유승민은 대표의 성적표는 기대 이하로 나쁜 점수는 받았다. 또 국민의 당 안철수 역시 마찬가지였다. 전국 투표율77.2%(사전투표율 26.1%) 중 연령별 투표율을 살펴보면, 20대 76.1%, 30대 74.2%, 40대 74.9%, 50대 78.6%, 60대 이상 74.0%였다. 후보자별 지지율은 문재인 더불어민주당 41.1%, 홍준표 자유한국당 24.0%, 안철수 국민의당 21.4%, 유승민 바른정당 6.8% 심상정 정의당 6.2%, 조원진 새누리당 0.1%였다.

유승민 후보 대선결과를 두고 정계은퇴설과 재기설이 대립됐으나 다시 기회를 주는 데 의견을 모았다. 일각에선 유 대표와 안 후보의 '이혼이력'에 대해 대다수는 달갑게 생각하지 않는 것 같다.

사실상 유 대표는 한국당의 전신인 새누리당에서 나와 바른정당을 창당했고, 안 후보는 민주당의 전신인 새정치민주연합에서 탈당해 국민의당을 창당했다. 이후 안 후보는 바른정당과의 합당을 강행한 과정서 반대하는 다수 의원(現 평화당)과 결별하기도 했다. 특히 바른미래당은 정체성도 애매모호하고, 한국당과 정치노선도 같아서 국민한테 새로운 것을 보여주지 못했다. 마치 부부싸움으로 집을 나와 딴 살림 차린 이미지를 지울 수가 없다.

이런 상황 속에서 바른미래당 의원들은 국민 지지와 성원을 원하지만 과거처럼 몽매한 유권자는 아니다. 참신한 혁신의 객관성과 사회의 균형성이 담지 못해 무늬도 같은 한국당에 불과한 것이다. 실제로 미래바른당 창당한 뒤, 초대 공동대표에는 국민의당 박주선 국회부의장과 바른정당 유승민 대표가 선임됐다. 국민의당 안철수 대표는 합당과 동시에 대표직을 내려놓고 2선으로 물러났다.

제7회 전국지방동시선거(2018. 6. 13)에서 전패했다. 예견된 결과였다. 광역단체와 기초단체, 국회의원 재보선에서 결국 1석도 거두지 못했다. 그 결과를 겸허히 받아들이고, 14일 유승민 대표는 사퇴 의사를 밝히면서 "대표직을 물러나 성찰의 시간을 갖겠다. 저의 모든 것을 내려놓고 다시 시작하겠다"라고 했다. 하지만 바른미래당은 중도개혁세력이라고 자처하지만, 정치의 새로운 변화와 발전을 모색하기는 어려울 것 같다. 대다수 국민이 등을 돌리고 있는 것이다. 합당 직전까지 양측의 이견으로 논란이 됐던 정강·정책 분야에서는 '진보, 중도, 보수'라는 이념적 표현을 배제하고 '지역·계층·세대를 뛰어넘는 합리적인 미래개혁의 힘으로 새로운 대한민국을 열겠다'는 내용을 담았다. 한편 안철수 정치운명도 찻잔 안의 태풍이다. 구글 트랜드 1위로 올라 늘 자신만만해 했다. 그는 자기애를 가지고 있다. 국민이 자기를 지지해 주고 밀어줄 것으로 착각한다.

하지만 대다수는 진보서 보수로 오락가락한 이념과 이당 저당 옮겨 다닌 철새정치인으로서 신선감도 사라져버렸다고 혹자는 지적했다. 또 이상돈의원은 유승민은 호남의원들과 같이 하기 어려운 간극이 있다고 주장했다. (2018. 6. 15)

안철수가 받아 본 서울시장 후보 성적표

'기대가 크면 실망도 크다'는 말이 안철수 정치인에게 딱 맞는 말이다. 그는 처음부터 특정 정당에도 입당하지 않는 상태에서 보수언론이 갑자기 띄어준 바람에 정치 중심에 우뚝 섰다. 십수 년을 정치판에서 온갖 쓴 경험을 봤던 정치선배들은 의아했다. 그가 이명박 정권에서 감투 욕심이 없었다고 했으나, 약력에서 보듯이 MB정권 5년 동안 대통령직속 미래기원위원회를 시작으로 방통위 기술자문, 지식경제부, 포스코 등 큰 감투가 화려하다. 의외로 야욕이 커서 늘 유·불리를 따지는 모양새가 정치동료들에게 식상함을 더해 주었다. 민주당 탈당, 국민당 창당, 다시 바른미래당 합류하면서 도무지 정체성을 알 수 없었다고 했다. 하지만 처음엔 진보색깔을 보였다가 나중에 보수로 변했다. 겉은 진보인 체하면서 속은 보수였다. 실은 표리부동한 정치행보로 그의 지지자들에게 좌절감과 실망감을 던져 주기도 했다.

특히 선거결과의 유·불리에 따라 정치 나이 6살 정치인으로서 정당을 세 번이나 옮기는 것을 보면서 정치철새라는 별명도 껌딱지처럼 붙게 됐다. 사실상 여기 기웃 저기 기웃한 정치행보는 국민들의 호감도가 점점 떨어져나갔다. 기대와는 달리 자기 이익만 추구하는 정치꾼으로 여기는 사람들이 늘어만 갔다. 정치에 입문할 때, 서울 시장도 양보한다, 대선후보도 양보한다면서 마치 자신이 국민들에게 인기 높은 정치거물처럼 행동하는 게 오만스러움으로 다가왔다. 과거 모 정치인은 안철수에 대해 그는 '을'

의 위치에 있었던 적은 한 번도 없다. 서민의 삶을 살았던 적이 없다. 눈물 젖은 빵을 먹어 본 적도 없다. 그런 걸 이해하려는 노력도 안 해봤다고 지적을 제기했다. 그의 인상은 점잖고 양심 있고 정직한 교수 모습으로 비춰져 국민들은 기대를 걸었으나 그동안 정치행보로 인해 좋았던 이미지가 온전히 실추했다.

특히 국민당 대표 시, 증인 조작은 그의 인품마저 깨져버렸다. 이처럼 외형에 비해 내실없는 사실이 드러나는 순간부터 내리막을 걷는 처지가 됐다. 또한 2016년 5월 23일 그는 국민의당 지도부 자격으로 노 전 대통령의 7주기 추도식을 맞아 봉하마을을 찾았을 때, '친노' 지지자로 보이는 이들로 부터 "철수야, 니는 올 자격이 없다" "이명박 앞잡이 안철수가 여기 왜 왔나" 등 온갖 야유와 비난이 쏟아졌다. 한편 대한민국 정당 역사상 아무런 공직 경력도 없고, 정계 경력도 전무한 사람이 거대 양당의 당권을 잡은 사람은 안철수가 사실상 유일하다.

다른 한편 이명박 역시 한 번은 전국구(현재의 비례대표)였고 이후 종로에서 국회의원에 당선되었다가 선거법 위반으로 무효 처리되었다. 이후 서울시장을 거쳐 곧바로 대통령이 됐다. 이런 두 사례를 경험한 우리 국민들은 대통령을 지지하는 데 교훈을 얻게 됐다. 정치경험이 많은 DJ나 YS처럼 평생을 정치에 몸담아 오면서 국정운영 경험을 간접적으로나 많이 가져야 제대로 대통령직 수행능력을 가질 수 있다는 인식을 갖게 되었다. 한국갤럽과 함께 서울시장 선거 판세를 점검해봤는데, 민주당 박원순 후보가 여전히 크게 앞서고 있었다. 김문수·안철수 후보, 둘 중에 누가 더 지지율이 높은 지는 여론조사마다 달랐다. 하지만 선거 투표결과는 여론조사와 다르지 않게 민주당 박원순 52.8% 한국당 김문수 23.3% 바른미래당 안철수 10.6%였다.

이제 정치인이 청렴성, 도덕성, 정직성 등을 갖추지 않으면 시민들로부터 버림받는다는 점을 명심해야 한다. 안 후보는 6·13 지방선거 참패 후, 딸의 박사 학위 수여식을 빌미로 미국으로 갔다. 따라서 바른미래당 안팎에서 정계 은퇴론이 동시에 터져 곤혹스럽게 만들었다. 그는 모름지기 지지자들에게 위로의 한마디를 남겨야했다. 2012년 대선 때도 하필 선거 날 미국으로 가 많은 의혹을 샀다. 겉으로는 문재인 후보에게 양보를 했지만 속으로는 분노에 찬 사퇴였다고 한다. 이제 국민 대다수는 그의 기본 양심에도 고개를 젓고 있다.

특히 한때 같은 배를 탔던 이상돈 의원은 지난 6월 20일 "안철수 기회 있다? 어처구니없다. 그는 공감능력이 떨어지는 사람이다"라고 주장했다. 또 주변 사람들도 "정치적 식견이 부족하다"고 지적하고 있다고 밝혔다.

(2018. 6. 15)

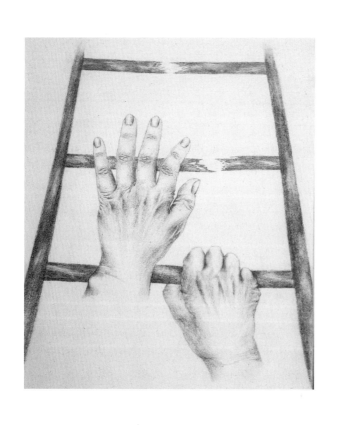

5부

한국당의 미래가 어두워진 이유

오늘날 한국 사회는 냉전 체제의 산물인 반공 이념의 권력 네트워크 속에 지나치게 오랫동안 갇혀 있었다. 흐르지 않는 물은 반드시 썩듯이 한국당은 장기집권으로 인해 부정부패로 인해 임계점에 다다르고 있는 형국이다. 그럼에도 당 소속 의원들은 스스로 변할 줄은 모르고 여전히 과거 고정관념을 깨지 못한 채 다람쥐 쳇바퀴 돌리는 모양새를 취하고 있다. 19대 대선에 참패했을 때, 자신들끼리 뼈 깎는 쇄신이니 혁신이니 하며 야단법석만 하다가 시간이 지나자 언제 그랬느냐 식으로 유야무야로 끝났다. 당원과 지지자들은 답답함과 아쉬움을 느끼면서 '그 밥에 그 나물이다'라는 조소 섞인 냉담한 반응을 보였다. 혹자는 9년간 이명박근혜 정권 9년간 독재와 전횡으로 국가를 사유화하여 보수몰락을 자초했다는 데도 일말의 책임에 대한 반성은 없고, 국회에서는 자당의 유·불리만 따지면서 국무위원 불러놓고 막말과 궤변으로 일관하는 구태를 벗어나지 못한다고 지적한다. 그들은 '명예 부 권력'만 집착하여 국민을 위한 생각은 없다고 덧붙였다. 과거 9년간 실정에 부역자노릇을 하고도 전혀 책임이 없다는 것이다. 똑똑해진 국민을 무지렁이로 알면 큰 착각이다.

한편 일각 선 한국당서 배출한 두 대통령이 부정부패와 국정농단으로 감옥에 가는 것을 두고 정치보복이라고 주장하면서 과거 향수에 골몰하는 것은 스스로 무덤을 파고 있는 거나 다름없다고 뼈있는 말을 한다. 동료의원 범법행위로 구속위기에 몰리자 방탄 국회를 열어 저지하는 행위를 인지하고도 침묵하지만 나름의 평가를 한다. 다른 혹자는 한국당이 새롭게 태어나려면 현재의원을 3분에 1만 남고 나머지는 집으로 돌아가야 한다고 목소리를 높인다.

특히 막말 궤변을 버릇처럼 한 자. 범죄로 기소된 자. 반공 이데올로기에 집착한 자 등을 그대로 두고 다시 그들이 21대 총선후보로 나간다면 실패는 불 보듯 뻔하다고 우려가 태산이다. 다만 KT에서만 어렵사리 살아날 것이다. 하지만 장담 못할 변수도 발생할 수 있다. 가장 문제는 '안보외교'다. 한국당이 전가의 보도처럼 사용해온 반공은 이제 녹슬어 용도 폐기해야 한다. 되레 진보보다도 더 날선 도구를 개발하지 않으면 2년 뒤 총선에서는 보수정당 존재 자체마저 장담할 수 없다는 애정 어린 충고를 귀담아 들어야 한다.

한국당은 여론의 뭇매를 맞고도 쉽사리 고칠 줄 모른다. 명색이 제1야당이란 정당이 지방선거기간동안 당 지지율은 10%대에서 맴돌았다. 참으로 고개를 들지 못할 지경이다. 그래서 대수술의 필요성을 주장하고 있다. 오랫동안 보수정당을 지켜왔다. 한국당의 전신인 공화당 민자당, 신한국당, 한나라당, 새누리당 역시 예외가 아니었다. 영남지역을 중심으로 주로 연령대가 높은 수구세력 층의 지지와 옹호를 받았다. 하지만 신세대의 생각과는 다르다. 올해 지방선거 광역단체장 후보로 대부분 인지도가 높은 과거 거물 정치인을 공천했다. 젊은 피가 수혈되지 않은 공천의 결과는 예견된 참패를 불러왔다. 실제로 한국당 문제는 의원 자신들에게 있다는 점을 깨닫지 못하고 마치 여당이나 국민에게서 찾으려한다. 차기 대선과 총선에 더 큰 아픔 패배가 없으란 법이 없다. 이제 국민에게 겸손과 믿음을 주는 진지한 태도를 보여야 한다. 게다가 참신한 젊은 피로 새판을 짜서 출발한다면 또다시 국민들은 열렬한 지지와 뜨거운 성원을 보낼 것이다. (2018. 6. 25)

홍 대표의 원맨 '빨갱이 정치 쇼'

홍 대표는 자신만이 기획하고 연출하고 있는 원맨 '빨갱이 정치 쇼'가 오는 6·13 지방선거를 앞두고 뜨거운 관심사로 떠오르고 있다. 당내서도 우려하지만, 오직 자신만이 흥행에 성공할 거로 확신에 차 있는 것 같다. 혹여 침묵하는 다수가 한국당의 열세한 지지도를 용오름같이 하늘을 향해 치솟게 하는 기적을 상상하면서 저리도 '빨갱이 정치 쇼'를 한 것을 바라보면, 마치 60년대의 흑백영화를 보는 것 같은 느끼한 생각이 든다. 또한 홍 대표가 19대 대선 후보로 나서면서 빨강 넥타이에 빨강색 옷을 입기를 시작했다. 당원들도 붉은색 유니폼을 입었다. 선거홍보물 역시 온통 빨간 빛깔이었다. 아마 민주당에 '빨갱이 딱지'를 붙이려다가 그만 '자신에게 붙게 됐다'고 혹자는 해석한다.

특히 붉은 것을 좋아하는 나라는 중국 공산당이다. 5년마다 개최된 '전국대표대회장'은 온통 붉은색 일색이다. 하지만 참석자들은 분위기와는 달리 거의 검정색 옷차림이다. 실상 빨갱이가 정치판에 등장한 것은 1963년에 대선 때 윤보선 후보가 박정희 후보에게 빨갱이라는 색깔 논쟁을 선거기간 내내 했었다. 그렇게 당한 것이 억울했던지, 나중에 박정희는 DJ한테 그대로 따라한다. 거기에서 그친 것이 아니라, 민주인사들까지도 빨갱이로 몰아 탄압했다는 점에서 역사의 아이러니가 아닐 수 없다. 올 들어 정치권서 시대착오적인 빨갱이 타령을 불러대는 모습을 보면, 자손들에게도 민망스럽다. 한편 홍 대표는 '7·27 판문점 남북 두 정상회담'을 '위장 평화 쇼'이라고 거품을 뿜고 정치공세를 퍼부었다. 공당의 대표가 국민여론을 무시한 발언이 요사이 크게 주목받고 있다. 어제(5월 7일 밤) 모 종편 '판도라코너'에 출연한 미래당 하태경의원은 홍 대표의 '빨갱이 발언'에 어떻게 생각하느냐는 앵커의 질문에 이런 답변을 내놨다.

한국당 내부서도 홍 대표를 가리켜 '홍산당이니 홍갱이니'라는 야유 섞인 불만이 터져 나오고 있다며, 사실상 '침묵의 반란이 일고 있다'라고 밝혔다. 워낙 독불장군처럼 설쳐대니 가는 곳마다 불협화음이고 충돌한다. 일각선 "그의 정치 생명줄도 끊길 날이 머지않았다"고 관측한다. 그뿐만 아니다. "창원에는 빨갱이가 많다"는 막말이 인구에 회자되고 있다. 그럼에도 한마디 사과는커녕, 일관되게 마이웨이를 외치는 걸보면 배짱이 남다른데도 있다. 그것도 남용하거나 오용되면 국민은 피로하고, 국익에도 전혀 도움이 안 된다.

다른 한편 '대통령 선택의 심리학'을 쓴 김태영 심리학자는 홍 대표의 최근 행동의 이유를 상대와 공격적으로 맞서려는 성향에서 찾는다. 그는 '어릴 적 어머니가 고리대금업자들에게 머리채를 잡히는 모습을 목격하는 등서 세상의 분노를 키운 것 같다'고 진단한다. 하지만 정치는 오기나 몽니로 하는 게 아니잖은가. 자기 뜻대로 안된다고 어깃장을 부려도 안 된다. 민주주주의 사회에서 지도자는 군기반장이 아니라 이웃집 아저씨 같은 마음씨 고운 사람을 원한다. 알다시피 독주 독선의 억압적인 권위주의 리더십은 한물간 구시대의 유물이다. 물론 홍 대표 속셈은 문재인 정부를 흠집 내면서 보수층을 결집하려고 자신의 전략대로 안간힘을 쓰고 있다. 또 개헌문제마저 색깔론 딱지를 보수언론과 함께 붙이고 있다. 그러나 국민이 현명하게 판단하여 선택할 것이다. 지금 대다수 국민이 야당을 바라본 시각은 곱지 않다. 한국당이 재기를 원하거든 국민에게 다가가서, 진정 바라는 것이 무엇인가를 파악하고 곧바로 실행하라. 그래야 산다. (2018. 5. 8)

야당의 강경투쟁정치, 국민은 원치 않는다

어느덧 문재인 대통령이 집권한 지 2년 반이 지나갔다. 그동안 제1야당은 국가원수에 대해 '김정은 대변인, 치매설, 한센병환자, 탄핵감 발언, 벌거벗은 문 대통령 애니메이션 영상, 공수처 독재악법' 등 민망할 정도로 적대적 표현을 남발하고 있다. 이로 인해 혹여 야당에 대한 거부감을 갖지 않을지, 한국당 일부 당원들도 걱정이 태산 같다고 한목소리가 터져 나온다. 그뿐만 아니다. 올 마지막 국정감사 때, 장관들을 국회에 불러놓고 국정감사보다는 정치공세에 침을 튀기면서 조롱하고 반말하며 또 호통을 쳤다. 그들은 야당 의원들 앞에서 "네 네"하며 저자세로 급신 거리는 모습이 국민들의 눈에 곱지 않게 비쳐진다.

한편 지난 7월 일본 총리 아베가 한국에 경제보복을 했을 때, 여야를 떠나 한 목소리가 나오는 게 상식이고 정상이다. 그럼에도 나경원 대표는 문 대통령을 향해 "감정 외교, 갈등 외교가 가져온 외교 참사"라고 규정하며, 강제징용 배상 판결이 잘못된 양 강도 높게 질타하는 게 과연 공당의 대표로서 국익을 위한 적절한 비평인지 시민들도 의아해한다. 동서고금을 통해 외부의 위험이 닥쳐오면, 내부 정쟁을 중단하고 여야 함께 지혜를 모아 대처하는 게 순리고 정도다. 게다가 보수 신문들은 '대법원 판결이 일본에겐 조약 파기로 볼 수 있다'며 '한일협정이 지켜져야 한다'고 마치 일본정부 대변인 같은 논리를 폈다. 그래서일까 인터넷상에 토착 왜구라는 신조어가 등장했다. 따라서 '언론개혁과 정치개혁하라'는 국민의 외침이 터져 나왔다. 지금껏 한국당은 문정권의 인사 문제 및 정책 쟁점에 이르기까지 모두 다 거부하거나 반대 일색이다. 정부 정책에 반대할 경우, 대안을 내고 표결로 반대의사를 밝히는 것이 의회정치의 기본이다.

작금의 제1야당이 사사건건 트집을 잡고, 딴지를 거는 것은 비생산적이고 소모적이다. 게다가 허구한 날 정쟁과 분열의 정치를 일삼으면서, 문 정부에 어깃장을 놓는 행태에 국민 대다수의 반응은 냉소적이다. 사실상 국정이 잘못돼도 집권 측의 책임이다. 또 한국당이 여당일 때 어찌했는가? 역지사지의 의미도 되새겨 봐야 한다. 지금처럼 저품격의 강한 장외투쟁은 국민 수준이나 시대정신에도 맞지 않는 앙시앵레짐(구체제)이다. 때문에 야당의 쇄신과 혁신은 선택이 아닌 필수 요소다. 향후 한국당이 집권했을 때, 지금 민주당이 똑같은 방식으로 집권 대통령을 무시하고 푸대접하게 된다면, 그땐 어떤 방법으로 대응할 건가. 혹여 나중에 부메랑으로 돌아올지도 모르는 일이다.

그 뿐만 아니다. 20대 국회가 선거제·개혁법안 패스트트랙(신속처리안건) 지정을 둘러싸고 국회를 난장판으로 만들었고, 최다의 고소고발, 듣기에 거북스러운 막말 궤변 가짜뉴스, 짜증 유발시킨 고함질 버럭질 삿대질 등 최악의 국회였다. 아마도 우리 정치사에 흑역사로 기록될 것이 분명하다. 이처럼 한국당의 비협조로 국정공백이 장기화되고 정치공세로만 일관하고 있어, 국민들의 불안과 분노가 커지는 마당에, 지지층들은 52%의 국민 지지를 받아 국정운영 권한을 위임받은 문 대통령에 대한 열정이 아직도 뜨거운 분위기다. 어디 그뿐만 아니다. 일각선 공무원들의 복지부동이 문제라고 지적한다.

특히 경찰 검찰이 주말마다 광화문 광장에서 불법과 무질서가 난무해도 강 건너 불구경하듯 하고, 집권 여당은 동력 상실로 무기력에 빠진 것처럼 보이고 있어, 또다시 촛불민심이 거리에 나선 것을 심히 부끄럽게 여겨야 한다. 바라건대 문 정부가 주춤거리지 말고 소신껏 '국가와 국민을 위한 정책이라면, 책임성을 갖고 강도 높게 추진하라'는 촛불 명령을 귀담아 들어야 한다. (2018. 12. 31)

증오정치는 국민에게 독이다

며칠 전, 문재인 대통령이 국회서 시정연설이 있었던 익일 아침에 보수 매체인 C일보를 펼쳐 들고 대강대강 훑어보다가 내 눈길을 잡는 행간이 있었다. 윤 모 정치부 기자가 쓴 '야당(野黨)의 품격'이란 글제를 읽고 난 뒤, 혹시 내 착시현상이 아닌지, 다시 신문 이름을 확인했다. 윤 기자는 한국당 의원들의 모습을 냉정하고 매서운 눈으로 살펴보고 이렇게 묘사했다. 〈자유한국당이 지난달 22일 국회 본회의장에서 보여준 모습은 적절한 항의보다는 무례에 가까웠다. 연설 도중 공수처를 언급하자 일부 의원들은 양손으로 엑스(X) 자를 만들거나 귀를 막으며 반대 뜻을 표현한 것도 전례 없었던 풍경이다. 또한 시정 연설이 끝나고 대통령이 악수하려고 야당 의원들 향해 가는데 의도적으로 외면한 모양새가 됐다. 하지만 의회 투쟁엔 일가견이 있는 현 집권 민주당도 야당 시절 대통령 시정연설 땐 최소한의 예우를 갖췄다. 손뼉을 치지 않거나 현안과 직결된 문구를 내보이는 정도가 통상적 항의 방법이었다⋯ 이하 생략〉라고 했다.

국내 대표적인 보수신문의 정치부 기자가 한국당에 대한 비판은 퍽이나 낯설다. 오죽이나 심했다는 생각이 들었으면 진보 성향의 신문에서나 볼 수 있는 기사를 썼을까? 참으로 이례적이다. 물론 야당은 대통령 시정연설 때마다 알맞은 항의 방법과 수위를 두고 고민하면서, 대통령을 향해 적절한 비판과 동시에 국가 원수에 대한 예우도 갖추어야 한다는 게 기본 예절이다. 하지만 비판과 예우는 별개 문제다. 미국에선 대통령이 입장할 때 기립이 전통이고, 심한 무례는 저지르지 않는 게 미의회 관행이라고 한다. 또한 이웃 일본에서도 총리에 대한 의원들의 막말은 하지 않는다. 하지만 한국당은 기회 있을 때마다 문 대통령을 대해 비판을 넘어 증오에 가득 찬 비난이 도를 넘고 있어 오히려 역풍을 맞을 수 있다. 어떤 경우에도 '지나치면 독이 된다'는 말처럼 언어사용에도 신중을 기해야 된다는 점도 고민해 봐야 한다.

또한 어떤 법안을 입법화할 때마다, 여야가 첨예한 신경전이 이어지고, 결국 몸싸움으로 번지는 것은 입법부 품격에도 맞지 않고 국민 눈에도 볼썽사납게 비쳐진다. 이따금 세계에서 민주주의가 발달된 국가의 국회에서는 몸싸움을 하는 경우가 언론을 통해 전달된다. 이런 현상은 정치적인 문화와 밀접한 관계있다고 한다. 하지만 정치 수준만 탓할 일은 아니고, 그 나라의 전통적인 정치문화가 기인된다는 설명이 설득력을 얻고 있다. 반면 미국 의회가 우리 국회처럼 몸싸움을 하지 않는 것은 현안 정책의 찬반에 대해 표결 문화가 정착됐기 때문이다. 서로가 합의가 안 되면 모든 것을 투표로 결정한다.

또한 여 의원이 야당서 발의한 법안에 찬성표를 던질 수도 있고, 반면 야 의원이 여당이 만든 법안에 동의할 수도 있다는 게 이상스럽지 않으며, 또한 정당 수뇌부가 소속 의원들을 일일이 간여하고 통제할 수 없다고 한다. 지금처럼 여야가 극한 반목과 대립으로 국회가 운영된다면 '국가발전도 국민행복도 그림 속 떡'이 될 수 있다. 더불어 가장 심각한 문제는 자당서 선출된 대통령은 영웅시하고, 상대방서 선출된 대통령은 마치 적군 장수처럼 조롱의 대상으로 삼는 것은 크게 잘못된 정치문화다. 일각에선 '우리 국회가 스스로의 자정능력이 없기에 여야의 싸움질은 사라지지 않을 것이다'라는 부정적 시각이 지배적이다. 그래서일까. 똑똑해진 국민들이 정치개혁을 외치면서 거리로 뛰쳐나와 정치참여에 의욕을 키우고 있는 현실을 주목해야 한다. 한편으로 보수신문 C일보 정치부 윤 기자가 쓴 기사 말미에 한국당을 향해 '국가원수에 대한 무례에는 거부감을 먼저 느끼는 게 보통의 국민정서다. 품격 잃은 야당에서 대안을 찾을 국민은 없다'라는 뼈 때린 쓴소리에 공감이 간다.

우리 국회도 새로운 법안이 제안되면 여야 의원의 토론과 협의를 거친 뒤, 표결에 붙여 그 결과에 흔쾌히 승복하는 선량들의 품격 높은 모습을 하루빨리 보고 싶다. (2019. 11. 14)

문재인 정부의 1년 업적만으로 절반은 성공한 셈이다

오는 5월 10일이면 벌써 문재인 정권이 집권한 지 1년이 된다. 아시다시피 박정희 전 대통령께서 1961년 5월 16일 일으킨 쿠데타가 성공한 뒤, 공화당을 창당하여 당명을 수차례 바꿔가면서 면면히 이어져 내려오다가 박근혜 정부서 군사정권의 대물림이 마침표를 찍은 것 같다. 사실 장기집권으로 국민의 염증과 피로감들이 많이 쌓인 가운데 설상가상으로 부정부패가 얼룩져 결국 정권이 교체됨으로써 대한민국은 새로운 전환기를 맞고 있다. 옛 속담에 '고인 물은 썩는다'라고 했다. 장기 집권은 우리 사회에 뿌리 깊은 부정·부패의 관행을 만들고, 부익부 빈익빈의 쏠림 현상을 더욱 더 심화시켰다.

이명박근혜 전 대통령은 국민으로부터 위임받은 5년 권한을 사유화하여, 헌법적 가치를 훼손하고, 권력을 전횡하면서 사익을 추구한 점에 마땅히 책임을 물어야 한다는 게 국민의 한결같은 요구이다. 그래도 천우신조로 촛불혁명으로 반전의 기회를 얻어 '오직 나라와 국민을 위한 진정한 봉사와 헌신'을 몸소 실천하고 있는 문 대통령과 여당에 지지와 성원을 보내지 않을 수가 없다.

물론 문 정부는 촛불혁명으로 탄생했기 때문에 소신껏 개혁을 추진할 수 있다고 본다. 그만큼 국민지지가 탄탄하기 때문이다. 이런 바탕위에 '국가는 발전하고 국민들은 행복해 진다'는 것은 당연한 이치다. 문재인 정권 5년 임기 중, '1년간 성적표'를 들어다보면 놀랄 만한 성과다.

우선 몇 가지 업적을 찬찬히 살펴보면 믿음과 희망이 생겨난다.

첫째, 평창 동계올림픽을 성공적으로 마무리했다.

2018년 평창 동계올림픽 대회는 전 세계인의 축제였다. 우리 선수들도 그동안 갈고닦은 노력이 헛되지 않고, 참가국 93개국 중 종합 7위의 우수한 성적을 거두어 냈다. 또한 북한 응원단 초청과 남북 아이스하키 단일팀을 구성해 동족애를 실감했고, 첨예하게 대립된 남북관계를 평화적 분위기로 풀어냈다. 뿐만 아니라 평창을 중심으로 인근 정선, 강릉 등 지역 주민들의 높은 삶의 질을 제공했고, 흑자로 마무리했다.

둘째, 남북위기에서 '대화와 소통'으로 국민 불안감을 해소했다.

과거 이명박 정권은 초기부터 '대북강경대결정책'으로 한반도를 긴장과 전쟁의 분위기로 고조시키다가, 2010년 3월 26일 밤, 북한의 어뢰공격을 받아 우리 해군 '천안함'이 폭침되어 꽃다운 장병 46명이 순직했다. 또 박 전 대통령이 2014년 3월, 독일을 방문하여 이른바 '통일 대박론' 선언은 '정치적 쇼'에 불과했고, 그 뒤에 개성공단 폐쇄 조치로 인해 '통일 쪽박'으로 결론이 났다. 반면 문재인 정부는 'DJ 햇볕정책'을 이어받아 '외교안보'을 성공적으로 이끌어, 한국당의 '외보외교' 정책에 비해 우월적 지위를 확보했다.

셋째, 국민 대다수가 원하는 '적폐청산'을 잘 진행하고 있다.

실제로 '부정부패'는 망국으로 가는 첩경이다. 두 전 대통령의 비리덩어리로 국민경제가 침몰하고 국가존망의 위기를 자초했다. 하지만 두 대통령 '개인 비리'를 '정치보복'으로 주장하고 있지만, 실제로 객관적인 명백한 증거가 드러나, 그것을 덮어다간 국민의 거센 저항을 받을 것이다. 이 전 대통령의 18개 혐의 중, '110억 뇌물수수와 350억 횡령'이다. 하지만 4자방 비리가 제대로 조사되면 '수천억대 뇌물의 뇌관이 터질 것이다'라는 관측이 지배적이다. 다른 한편으로 박 대통령의 23개 혐의 중, 미르·K스포츠재단에 대기업들 강제 출연금 '774억 원 횡령과 정유라 승마 지원비 433억 원 뇌물수수'이다.

넷째, 남방정책으로 베트남과 UAE(아랍에미리트)의 눈부신 외교성과로 국익을 도모했다. 지난 23일~27일간 문재인 대통령은 '신남방정책'일환으로 베트남과 UAE의 눈부신 외교를 방문하고 큰 외교성과를 거두고 귀국했다. 베트남에서는 쩐 다이 꽝 주석과 정상회담에서 두 정상은 현재의 '전략적 협력동반자 관계'를 심화시키고, 양국 간 교역규모를 2020년까지 1,000억 달러로 증가키로 했다.

현실적으로 6만여 명이 '한·베 다문화' 가정을 이루고 있다. 그들도 우리 국민이고, 한반도를 지키는 든든한 파수꾼이다. 따라서 정부의 전향적 자세는 참으로 바람직하다. 사실상 동서고금을 통해 국제관계는 '어제의 적이 오늘의 친구가 되고, 오늘의 친구가 미래의 적이 된다'라는 역사적 사실을 부인할 수 없지 않는가. 그리고 UAE를 공식 방문하여 무하메드 아부다디 왕세자로부터 향후 한국기업이 석유 가스 정유분야에서 250억 달러(26조 987억 원)규모의 계약 수수가 가능하도록 약속받아냈다. 마지막으로, 우리 헌법 '정부 개헌안'이 발의됨으로써 국민적 뜨거운 공감을 얻고 있다.

앞서 두 정권에서도 안했던 헌법 개정안이 38년 만에, 문 정부에서 지난 26일 발의되어 국무회의 심의를 거쳐, 국회에 송부 공고됐다. 이번 개헌안은 '당리당략 배제'하고, 국민 눈높이만큼 조항이 충분히 담겨 있다. 즉 '국민소환제, 대통령 4년 연임제, 국민 기본권 확대, 지방분권 신설, 특별사면권, 조약체결권 제한 강화, 9명의 헌법 재판관 전원 국회동의' 등 유익한 것들이다. 지금껏 국회는 준비 없이 있다가 청와대서 먼저 내 놓자, 야당서는 호들갑을 피우며 놀부처럼 심술을 부리고, 특히 한국당서는 '관제개헌'으로 몰아가면서 반대를 위한 반대의 목소리를 내고 있다. 개헌안을 6·13일 지방선거와 동시 국민투표를 실시하면 세금 1,200억 원이 절감된다고 한다. 따라서 경기침체 속에 불필요한 예산낭비는 막아야 한다. 하지만 국민을 위한 '토지공개념'을 두고 한국당 홍 대표는 사회주의 개헌 운운하며 본질을 호도하지만, 노태우 정부 때도 이미 들고 나온 정책이다.

현재 헌법 '정부 개정안'이 하루 만에, 전국에서 열렬한 환영받고 있다. 충청 영남 호남 세종시서 뜨거운 호응을 얻는 것은 무엇을 뜻하는가. 우리 국민도 대한민국의 새로운 역사를 써야 한다는 현실인식이 높아졌다. 문재인 대통령의 1년 업적만으로도 절반은 성공했다고 본다. 따라서 나머지 기간도 성공할 수 있도록 온 국민이 한데 힘을 모아주길 간절히 소망한다. (2018. 3. 29)

MB의, MB에 의한, MB를 위한 정치

링컨은 1863년 11월 미국 펜실베이니아에 있는 '케티즈버그에서 남북전쟁 전사 장병을 추도하는 연설을 했다. 그가 말한 "국민의, 국민에 의한, 국민을 위한 정치"는 민주주의 정신을 가장 간략하고 정확하게 표현했다는 평가를 받고 있다. 155년 전, 링컨 대통령은 이처럼 민주주의 신념과 의지가 확고했다. 오직 국민과 국가를 위한 봉사와 헌신이었다. 하지만 대한민국 특정 정당에서 배출된 대통령들의 생각은 달랐다. 권좌에 오르면 마치 제왕처럼 행세하고 국민을 위한 정치는 망각해 버린 채, '자신의, 자신에 위한, 자신을 위한 정치'를 하여 국민의 원성을 한 몸에 받아왔다. 아시다시피 MB 정권은 권력을 사유화해서 부정축재를 해놓고 대국민 사죄 한마디도 하지 않는 것은 참으로 뻔뻔하고 후안무치한 태도다. 또 주군을 위한 충성경쟁으로 몇몇 국가 기관장들의 부적절한 정치적 발언은 도를 넘었지만, 아무 제재도 받지 않고 내심으로 즐겼다.

당시 보수언론은 권력을 감시하고 비판하는 데는 외면했고 진실을 왜곡하는 데 앞장섰다. 실로 부정부패를 감싸는 부역자 노릇을 톡톡히 해냈다. 박근혜 정부 역시 MB 정부를 그대로 대물림을 받았기 때문에 그 밥에 그 나물이었다. 따라서 염불에도 마음이 없고 잿밥에만 집착하다가 비운의 주인공이 됐다. 반면 문재인 정부가 들어와서야 때늦은 감은 있지만, 검찰에서 '4자방 비리'보다 먼저 MB부정부패를 5개월간 제대로 조사하여 추락됐던 신뢰가 조금이나마 회복한 것 같다. 그 결과는 '110억 원대 뇌물 수수와 다스 자금 350억 원 횡령, 조세 포탈액은 30억'에 이르렀다. 정말로 '쩐'의 블랙홀을 발견한 셈이다. 일반 국민들은 10만 원에 웃고 울지 않는가.

이와 관련 계좌내역이나 장부, 컴퓨터 파일등, 객관적 자료와 핵심 측근들의 진술을 확보하여, 충분히 소명된 기초적인 사실 관계도 '난 모른다, 보고받지 않았다, 기억나지 않는다'로 발뺌하면서 '정치보복이다'라고 주장한다. 하지만 검찰은 지난 19일 영창을 청구하면서, 22일 실질심사에 출석할 것을 통보했으나 불출석 거부의 의사를 밝히자 일각에 선 비난의 여론이 뜨거웠다. 결국 구속영장이 발부되면 법정에서 거짓과 진실의 불꽃 튀기는 공방전이 펼쳐질 것이다. 하지만 명백한 18개 범죄행위를 손바닥으로 하늘을 가리듯 할 건가. MB는 기회가 날 때마다. 자신의 의혹에 대해 새빨간 거짓말이라고 주장했지만, 사실은 새파란 진실이 되었다. 어쩜 이렇게 일말의 양심도 없이 거짓말 달인이 됐을까.

일찍이 프랑스 소설가 로랑 홀랑은 법 앞에는 만인이 평등하다고 했다. 이 명언처럼 현실적으로 적용되는 게 자유민주주의 법치이고 원칙이고 정의이다. MB 범죄의 전말이 백일하에 드러났음에도, 최측근 이재오 의원은 문재인 정부에서 '정치보복과 민주주의 파괴를 하고 있다'라고 황당한 궤변을 토해냈다. 또 '이명박 전 대통령은 돈 문제 결벽증이 있다'는 주장에 일각에선 아첨도 금메달감이라고 실소를 자아냈다. 한편 MB에 대해 항간에는 '신화가 포장됐다, 부정부패의 백화점이다, 뻔뻔함과 오만의 극치다, 사고 체계가 잘못됐다' 등 야유가 빗발쳤다. 아울러 국민의 구속 지지율은 80% 이상 하늘 높은 줄 모르고 치솟고 있다. 왜 이리도 민심은 냉혹해 졌는지, 그 까닭이 무척 궁금하다. 끝내 MB는 대통령의 명예도, 가

문의 영광도, 모래성처럼 일순간에 무너졌다. 너무 초라하고, 비참해진 모습을 보면서, 국민은 무슨 생각에 젖을까. (2018. 3. 21)

문 대통령 결단에 70년 제주응어리 풀렸다

　우리국민은 대한민국의 역사를 새롭게 쓰고 있는 문 대통령의 위대한 결단에 감동한다. 아울러 제19대 대통령을 잘 선택했다는 생각에는 한 점 후회가 없다. 문 대통령은 지난 4월 3일, 제주4·3평화공원에서 열린 제70주년 추념식에서 "4·3의 완전한 해결이야말로 제주도민과 국민 모두가 바라는 화해와 통합 평화와 인권의 확고한 밑받침"이라고 했다. 또 "이제 낡은 이념의 틀에 생각을 가두는 것에서 벗어 나야 한다"고 강조했다. 참으로 만감이 교차한다.

　1948년 4·3일 제주 주민 2만 5천~3만여 명이 국가폭력에 의해 사망한 사건을 은폐 왜곡하여, 국민 대다수가 진실을 모르고 지냈다. 사실 '4·3제주 폭동'으로만 어렴풋이 기억할 뿐이다. 여태껏 제주도민들은 당시 무고한 망자들의 죽음과 유가족 명예회복을 위해 오랫동안 노력했으나, 보수 정권은 침묵을 강요했다. 늦은 감은 있지만, 천만다행으로 문 대통령이 해결의 의지를 밝혔다. 반면 한국당 홍준표 대표는 자신의 페북에 '건국 과정에서 김달삼을 중심으로 한 남로당 좌익 폭동에 희생된 제주양민들의 넋을 기리기 위한 행사'라고 밝혔다. 이 내용으로 봐서는 양민을 죽인 것은 김달삼이지, 국가폭력인은 아니다는 애매모호한 표현은 누가 보아도 주어가 감춰졌다. 이런 와중에 문 대통령이야말로 불행한 역사를 몸소 청산하고, 휴머니즘에 입각한 인류 보편적 가치 차원에서 해결함으로써 역사에 길이 남을 것이다.

이와 관련 진보 진영과 보수 진영의 생각차이를 극명히 엇갈린다. 따라서 어느 정당이 애국애족 정신으로 국민에게 행복한 세상을 만들어 줄 정치세력인가를 정확하게 판단하는 계기가 됐다. 국가기록원 문서에 따르면 6·25전쟁으로 인한 남한 측 사망 부상 실종 등 민간인과 군인을 합치면 약 160만여 명에 이르고, 북한 측도 합계 350만여 명에 달한다. 그밖에 UN군은 사망 3만여 명, 부상 11만여 명, 실종 6천여 명이며, 중국군은 사망 11만여 명, 부상 22만여 명, 실종 3만여 명이다. 또 사회·경제적인 측면에서도 천문학적 규모의 피해를 안겨주었고, 남북한의 증오와 대립을 심화시켰다. 이런 민족적 비극을 해결할 생각조차 없는 이명박 박근혜 보수정권 9년은 색깔론과 대북강경노선으로 맞서다가 전쟁일보 직전까지 갔다. 정말로 끔직한 일이었다. 그뿐이 아니다. 특정지역 홀대 인사, 국민이 반대한 국책사업으로 인한 예산낭비 등, 국민 불신과 상실감만 안겨주고, 자유민주주의마저 후퇴시켰다.

어디 그뿐인가. 선거만 돌아오면 한국당 의원들은 빨강색깔 잠바를 걸치고 선거운동을 하면서, 종북 좌파니 빨갱이 타령만 한다. 하지만 똑똑해진 국민한테는 약발이 서지 않았다. 과거 낡은 사고방식을 과감히 털고, 국익의 지향점을 설정하여, 여야가 뜻을 같이하면 나라가 발전하고, 또 남북이 화해하고 힘을 보태면 주변 강국의 참견도 사라진다.

다른 한편 베트남 영웅이 된 호찌민의 스토리를 살펴보자. 그는 1890년 프랑스 식민 치하에서 신음하던 베트남의 응에안주에서 태어났다. 제1차 세계대전이 끝난 직후인 1919년, 29살 청년 호찌민은 파리평화회의에 참석해 미국의 윌슨, 프랑스의 클레망소 등 강대국의 지도자들에게 '베트남 독립을 위한 8개 요구사항'을 제출했다. 그러나 이 안은 철저히 묵살되었고, 이때부터 호찌민은 제국주의자들이 평화적으로 식민지를 해방시키는 경우는 없다는 뼈아픈 교훈을 얻었다. 그 뒤 호찌민은 일본과의 본격적인 무장투쟁을 시작으로, 제국주의를 상대로 끝이 보이지 않던 전쟁을 승리로 이끌었다.

그는 1969년 79세 나이로 사망하기 전에, 마지막 유언을 남겼다. 한 핏줄끼리 싸운 것은 서로 살기 위해서 한 짓이니 절대로 '정치적 보복'을 하지 말라. 그리고 '자신이 어려울 때 많은 도움을 준 소수민족을 배려하라'고 했다. 그의 후계자들은 고인의 유언이 지켜졌다. 그래서 호치민이 베트남 국민의 영웅으로 추앙받고 있지 않는가. 하나의 민족이 둘로 갈라서 싸웠던 적을 용서하고, 소수민족을 배려하는 관용과 통합의 리더십은 오늘날 베트남을 일으켜 세운 힘의 원천이라는 데 있어 반대와 이견이 없다.

그는 죽으면서 지팡이 하나와 옷 두벌, 다산 정약용 선생의 목민심서를 비롯한 몇 권의 책이 유품의 전부였다. 정약용의 『목민심서』는 베트남 공무원들의 지침서로 채택되어 실천됐다. 호치민 역시 '권력의 부패'에서 언제나 자유로웠다. 우리나라 대통령들이 타산지석으로 삼아야 할 소중한 교훈이다. 한편 보수를 자처하는 한국당도 과거의 고정관념을 깨지 못하면 국민의 지지도가 떨어진다는 점을 깊이 깨달아야 한다. 언제까지 '지역감정과 이념문제'를 부추길 것인가. 최근 들어 국민 대다수는 문 대통령이 4·3제주사건 추념식장에서 '미래를 내다보는 슬기와 통찰력을 유감없이 발휘한 점'에 깊은 감사를 드리고, 끝없는 존경과 신뢰를 보내고 있다. 혹자는 '문재인이 희망이다'면서 '금세기 최고의 위대한 대한민국 정치가라는 평가를 받을만한 인물이다'라고 해도 손색이 없다고 말한다. (2018 4. 3)

한국당 자화상과 당대표의 절묘한 꼼수

인간 기억력의 한계는 어디까지 일까. 또 슬프고 억울한 일을 오래 기억 되면 어떻게 될까. 두 질문의 정답을 맞히기는 힘들 것 같다. 하지만 대충 은 이러하다. 전자는 개인차에 따라 다를 수 있다. 후자는 우울한 감정으 로 정신적인 질환이 생길 것이며, 또 보복으로 인해 참담한 사건사고들이 줄을 설 것이다. 오늘날 현대사회는 하루 동안에도 수많은 일들이 언론 매 체를 통해 봇물 터지듯 쏟아지고 있지만, 나와 상관없는 일들은 곧바로 지 워지는 게 일반적이다. 반대로 자신과 관련된 것이라면 오래갈 수도 있다.

최근 우리 국민은 '박근혜 전 대통령의 실정'을 쉽게 망각해 버린 것 같 다. 그러나 오래 기억해 두어야 유익하다. 미국의 철학자인 '조지 산타야 나'는 "과거를 기억하지 못하는 자는, 과거를 반복하는 운명에 처한다"라 고 했다. 돌이켜보면, 18대 대통령 선거가 한창일 때, 정모 의원은 "노무현 전 대통령이 김정일 전 위원장과의 단독회담에서 서해 북방한계선(NLL)을 포기했다"는 발언록이 존재한다고 했고, 남 모 국정원장은 당원에 보관된 회의록 전문을 공개해, 정 의원의 발언이 거짓으로 드러나 벌금 1천만 원 이 선고되기도 했다. 또한 당선 뒤에도 '국정원 직원 인터넷댓글' 사건에 수 사 의지를 보였던, 채동욱 검찰총장에 대해 은밀히 조사하여 '사생아 문제' 를 C일보에 흘려, 찍어내는 정치공작을 했다. 게다가 혹자는 박 전 대통령 이 "감정 조절이 안 된 사람"으로 평가했다. 당시 새누리당 원내대표 유승 민이 "법인세 인상과 재벌구조 개혁 등 없이 경제가 살아나느냐"고 맞서다가, 창조경제를 주창한 박 전 대통령의 눈에 거슬려 '배신의 정치'라며 발끈했다. 결국 유승민은 대표직서 사퇴로 결론 났다.

그뿐만 아니다 20대 총선을 앞두고 국회의원 공천 문제로, '진박이니 친박이니 비박이니 반박이니'로 갈등과 분란을 일으키고, 오직 충성만 강요하는 권위 시대 독재자로 비쳐져, 비난여론의 중심에 서기도 했다. 결국 박 전 대통령은 '비선 실세 최순실씨의 국정 농단'으로 인해 헌재는 지난해 3월 10일 재판관 8명 전원이 일치된 의견의 주문은 '최순실씨의 사익을 위해 대통령의 지위와 권한을 남용했다'라며 '파면을 결정'내렸다. 실제로 임기를 다 채우지 못하고 국회서 자당 의원 60명이 탄핵소추안에 찬성함으로써, 헌정 사상 처음 탄핵당한 비운의 대통령으로 그 부정적인 이미지는 국민 기억 속에 깊이 각인됐다. 이처럼 박 대통령의 불행한 사태는 현 한국당도 자유롭지 못하다. 그 누구도 개인적으로 충언을 드리지 못하고, '국정 농단'을 막지 못한 책임이 없다고 할 수 있는가.

한편 우리 국회는 여야가 서로 만나면 앙숙처럼 싸우고 걸핏하면 정쟁을 일삼는 것은 볼썽사납다. 이제는 당리당략만 앞세운 소모적인 정쟁 끝내고 성숙한 정치문화를 정착시켜야 한다. 특히 지난 7일 청와대 초청으로 5당 대표 회동에 처음으로 참석한 한국당 홍 대표는 "안희정이 충남지사의 성폭력 의혹을 두고, 밖에서는 임종석이 기획했다는 얘기가 있던데…"라며 음모설을 꺼냈다. 익일 논란이 일자, 기자에게 '농담한 것'이라고 한발 물러섰다. 제1야당인 한국당 대표가 거짓말로 국민 지지를 받으려는 계책이야말로 절묘한 꼼수이다. 이명박 전 대통령마저 부정부패로 인해 구속을 앞두고, 대국민 사과문을 발표해야 도리가 아닌가.

중국 춘추시대 정치가인 한비자는 나라가 망하는 길은 세 가지(世有三亡)인데, 그 내용은 '이난공치자망, 이사공정자망, 이역공순자망(以亂攻治者亡, 以邪攻正者亡, 以逆攻順者亡)'이다. 이를 직역하면 이렇다. '어지러운 나라가 정치를 잘하고 있는 나라를 공격하면 망하고, 사악한 자가 정직한 자를 공격하면 망하며, 도리를 거역한 자가 순리를 따르는 자를 공격하면 망한다.'는 것이다. (2018. 3. 12)

4·27 남북정상회담에 대한 단상

지난해 5월 10일 19대 대통령 취임부터 불철주야 국정에 노심초사하며 혼신의 힘을 쏟고 있는 열정을 보면서 감탄과 경의를 표한다. 그동안 살얼음 걷듯 한 남북관계가 '4·27 판문점 정상회담'을 통해 긴장이 완화되면서, 8천만 한겨레가 상서로운 징조라고 반색하고 있다. 역사 이래 미증유 사건인 '판문점 선언'은 문재인 대통령과 김정은 위원장이 통 큰 용단을 내려 "더 이상 전쟁은 없다"고 선언을 함으로써 새로운 평화시대를 열었다. 이미 시사했듯, 6월엔 '북미 정상회담'이 성공적으로 마치면 '평화 번영 통일'의 길로 나서게 된다. 또 DMZ서 동족끼리 총구를 겨누는 볼썽사나운 장면도 사라질 거라고 관측하면서, 각국 정상마저 환영의 메시지를 보내고 있어 자랑스럽다.

돌이켜보면 지난해도 한반도는 일촉즉발의 전쟁위기가 고조되어 가슴을 죄었던 때와 달리 극적인 대반전은 두 정상의 의지와 결단으로 이룬 사상 유례가 없는 흐뭇한 쾌거가 아닐 수 없다. 그날 문 대통령과 김 위원장의 일거수일투족은 벅찬 감동이었고 새로 쓴 역사였기에 크게 환호했고, 뜨거운 박수갈채를 보내면서 울컥 가슴에 치미는 뜨거운 감정을 주체할 수가 없었다. 하지만 양 정상께서 합의한 내용이 선언에 그치지 말고, 서둘러 후속조치를 적극 추진해 주시길 바란다. 현재 이산가족 상봉, 개성공단 재개, 금강산 관광, 끊어진 철도 잇기, 경제적 협조 등이 애타게 기다리고 있다. 더불어 민간인들도 왕래할 수 있고, 초중고생들도 금강산으로 수학 여행갈 수 있는 조처도 마련해 줘야 한다. 한편 내외 국민은 높은 관심과 깊은 믿음을 가지고 문 대통령에게 지지와 성원을 열렬히 보내고 있고, 또 '원칙과 소신을 바탕으로 국정운영을 잘하고 있다'고 높은 지지율이 이를 뒷받침하고 있다.

　과거 정권 9년은 '외눈박이 외교안보'로 적대적 정책으로 갈등만 키웠다. 따라서 이를 만회하기 위해 지체 없이 시행해야 한다. 이번 '신 남북관계'가 원활히 진행된다면 '획기적인 남북발전'은 급물살을 탈 것을 믿어 의심치 않는다. 이미 주지하다시피, DJ가 있었기에 노무현이 있었고, 또 오늘날 문재인 대통령도 있는 것이다. 세분 중 DJ만큼 정치적인 탄압을 많이 받은 정치인은 없었다. 서슬 퍼런 군사정권서 그는 죽을 고비를 몇 번이나 넘기면서도 독재에 반대했고, 자유민주주의 의지를 표방했으며, 통일신념으로 북한을 방문하여 화해의 물꼬를 튼 첫 대통령이었다.

　특히 이승만 뒤이은 박정희의 반공 이데올로기로 인하여 남북대화만 주장해도 빨갱이로 매도되고, 일부 극우단체와 보수언론이 거품 물었던 엄혹한 사회풍토에서 그래도 DJ는 '화해와 통일'을 위해 한결같은 주장을 했다. 아마 하늘나라에서 문 대통령의 남북 정상회담을 본다면, 환히 웃으며 만족스런 표정을 지을 것이다. 또 한편 민주당원뿐만 아니라, 똑똑해진 국민들이 줄기차게 지지하고 성원했던 보람을 뒤늦게 맛보았고, 또 문 대통령을 잘 선택하였다는 생각에 늘 행복감을 느낀다.

　반면 한국당 홍 대표는 '위장평화쇼'라며 두 정상회담을 폄훼하고 김정은에 대해 의심하며, 부정적 정치공세를 펼치고 있다는 것은 유감스럽게도 이해와 납득이 가지 않는다. 흔히들 '생각을 바꿔야 미래가 보인다'고

했다. 아직도 이념의 프레임에 갇혀 헤어나지 못한다면 '누가 통일은 할 건가'라고 되묻고 싶다. 민심과는 괴리가 있어 오기와 몽니를 비쳐져 참으로 안타깝다. 게다가 일부 극우세력들은 걸핏하면 광화문 광장서 불법집회 시위를 일삼고 있다. 그들의 낡고 고루한 고정관념은 깰 수는 없지만, 불법행위는 꼭 법적조치가 따라야 한다고 본다. 특히 우려스러운 것은 만약 한국당이 집권하면 또다시 '과거로 회귀시켜 망국적 적대행위가 재발되지 않는다'라는 보장이 어디에도 없다.

따라서 어느 정권이 들어서도 남북정책을 변함없이 추진될 수 있도록 법적 제도적 방안을 꼭 마련하여, 통일의 그날까지 지속적으로 시행되었으면 좋겠다. 지금처럼 대통령이 평상심을 유지하고, 국민과 소통하면서 국정을 수행한다면 틀림없이 가장 성공한 대통령이 될 것이다. 요즘 난 참으로 신명나서 어깨가 들썩 거린다 남북의 두 정상의 아름다운 동행이 나비효과가 되어 지구촌을 뒤흔들고 있기 때문이다. 이처럼 내부의 작은 힘이 외부의 큰 힘을 이겨냈다는 값진 교훈을 깨우쳐 준 문 대통령에게 꾸뻑 고개가 절로 숙여진다. 끝으로 늘 신의 가호와 행운이 깃들길 국민과 함께 간절히 기원한다. (2018. 4. 29)

문화일보, 문 정부 비판 너무 심하다

　지난 1일 해질 무렵, 지인을 기다리기 위해 동암 전철역 둥근 의자에 앉아 있는데, 60대쯤 남자가 문화일보를 보고 놓고 간 것을 얼른 집어 날짜를 보니 당일 신문이었다. 난 먼저 사설을 봤다. 일견에 세 제목이 다 부정적인 표현이기에 좀 거부감은 들었지만 읽어보기로 했다. 상단엔 〈김정은 레토릭에 '정신적 무장해제' 당해선 안 된다〉 중간엔 〈기업에 또 수천억 원 손 벌리며 '자발적' 운운한 산업부〉 하단엔 〈또 민간에 정책 하청… 교육부의 무책임 도(度) 넘었다〉였다. 사실상 사설 전체가 현 정부 정책에 대한 비판이 과장 왜곡으로 논점을 부각시켜 놓았다.

　그중 중간 부분에 있는 '기업에… 운운한 산업부'에 대한 사설의 논지는 이렇다. 〈박근혜 정부시절 대기업의 기부금 출연을 적폐로 비판했던 문재인 정부가 같은 길을 걷고 있다. 중략… 산업통상자원부에서 산업혁신운동 일환으로 기부금 출연을 요청했다고 한다. 또 기업 팔를 비틀어 자금을 조성하고, 그걸 정책자금처럼 자의적으로 쓰겠다는 것이다. 하략… 법인세 근로시간 최저임금 역주행정책으로 기업 경영여건은 악화일로다. 최근엔 경영권을 흔들 상법 개정을 추진하는 등 대기업 몰아세우기가 끝이 없다〉라는 게 주요 골자다. 그뿐만이 아니다. '오피니언' 세 편도 문 정부를 온통 비판 일색이다. 그 제목 하나는 "개혁, 개방, 아직 예단 어렵다"(서진영.고려대 명예교수) 또 다른 하나는 "한국경제 흔드는 제조업 급락 쇼크"(박남규. 서울대 교수), 마지막은 "평화협정에 속았던 역사의 패자들"(박휘락. 국민대 정치대학원 교수) 등으로 채워졌다.

누구나가 글 제목만 보면 내용 반쯤은 짐작할 수 있지 않는가. 필자의 주관이 과도하면, 공정성과 사실성이 흐려져 독자의 공감을 얻지 못할 뿐만 아니라, 반감이 생겨나 욕을 한가지로 얻어먹기도 한다. 또한 아무리 총명하고 학식이 많고 사회적 지위가 높은 사람이 쓴 글이라도 그 속에 진정성이 결여되고 거짓과 과장 왜곡으로 얼룩지면 무슨 가치와 의미가 있겠는가. 되레 독자에게 피로감을 주고 화나게 한다. 한편 한국의 재벌들이 소유한 극우적 '조중동' 신문이 국민께 정보도 많이 전달해 주고, 여론도 주도하고 있다는 사실을 부인 못한다. 거기에 1990년 8월 29일 H그룹서 설립한 M일보가 '조중동'보다 먼저 문 정부의 뺨을 강하게 치고 있다.

사실상 과거 박근혜 정부에서는 법인세를 올리자고 진보여당서 주장했지만, 보수야당서 반대해 관철하지 못했다. 실로 정경유착으로 인해 불법 정치자금도 받아썼다. 그 사례로써 2002년 대선에서 대기업에서 12억 자금을 수수한 일명 '차떼기' 사건이 터졌다. 다른 한편 대기업이 있도록 만든 것은 물론 경영주의 탁월한 운영능력과 묵묵히 땀 흘린 직원들의 노력도 있지만, 그 제품을 수많은 국민들이 사주었기에 오늘날 대기업으로 성장했다. 하지만 한국 재벌이 미국의 재벌처럼, 부(富)의 사회 환원이 인색한 것 같다. 좀 더 통 크게 쾌척하여 어려운 사람을 위해 쓴다면 온 국민들로부터 존경과 사랑을 한 몸에 받게 될 것이다. 게다가 그들이 기득권을 옹호한 보수적 시각을 달리하여, 국민을 위한 열린 생각으로 접근한다면 세상은 더욱 밝아지고 따뜻해지게 될 것이다.

최근 미국 재벌들이 중심되어 기부운동이 벌어지고 있단다. 최고 갑부인 워렌 버핏과 빌 게이트가 주도하여, 약 400대 부자들 가운데 약 10%

정도가 전 재산 반을 자선기금에 내놓겠다는 약속을 받아 냈다고 한다. 우리 한국 재벌들도 한번쯤 고민해 볼 일이다. 실제로 오랫동안 우리 사회를 지배해 온 극우적 언론기관이 '조중동'이라고 인식돼 '친일매국언론'이라는 원색적 비난과 거센 항의를 해왔다. 이제 거기에 M일보를 추가하여 '조중동문'이라고 새로운 명찰을 달아야 할 때다. (2010. 5. 3)

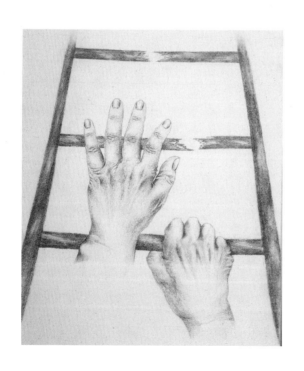

6부

MB의 절규, 야당의 빨갱이 타령

MB 재임 중, 말도 많고 탈도 많았다. 임기가 끝나고 나서 박근혜 정부 때도 마찬가지였다. 최근 MB에게 '새빨간 거짓말 대왕'이란 별명이 붙게 됐다. 듣기에도 참으로 민망스럽다. 그의 대부분 범죄행위가 노출되어 야당 정치인도 알고 국민도 다 아는데 자신만 모른 척하는 것 같다. 감옥에서 "정치보복을 당하고 있다"라고 피맺힌 절규를 하고 있다. 하지만 정의롭고 양심을 가진 국민이라면, 그 누가 MB 말을 신뢰하고 선뜻 동의하겠는가. 자신의 잘못과 무능은 한 번도 돌아보지 않고, 민주당 탓만 하는 것이야말로 적반하장이다.

또한 MB 자신이 자유민주주의를 와해시켜 놓고도 정부나 여당에게 덮어씌우는 것은 얄팍한 꼼수에 불과하다. 따라서 여론은 싸늘하다. 실제로 '정치보복'을 당하고 있는 게 아니라, 죄는 지은대로 가고 있다는 것이다. 한편 다스 법인카드를 10년 동안 6억 원을 김윤옥 여사가 썼다. 주인 아니고는 불가능한 일이다. 그럼에도 '아몰랑'으로 치부를 가리고 있다. 뿐만 아니다, BBK사건 관련 삼성전자에서 대납한 다스 미국 소송비 67억 원도, 국정원 특활비 7억 원도, 측근들이 하는 짓이지 나와는 무관하다며 오리발을 내민다.

또 한편, MB가 국회의원 시절, 비서관이었던 김유찬씨는 재임기간 중 벌어진 천문학적인 국민 혈세 100조 원이 흔적도 없이 해외에서 '사라진' 부분에 대해서도 끝까지 추적해야 한다고 주장한다. 혹자는 MB가 밥 먹듯 거짓말을 한다고 지적한다. 그러나 지나치면 독이 되는 법이다. 그래도 측근들은 '도덕적으로 깨끗하다'고 응원 하고 나선다. 특히 장제원 의원은 '두고 보자'며 입술을 깨문다. 이제는 야당도 MB를 무조건 비호하는 정치적 공세보다는 "대국민 사죄부터 먼저 해야 한다"는 게 순리일 것 같다. 그래야 국민이 입은 상처도 치유되고, '미워도 다시 한번'의 옛 그리움이 생겨날지 모르는 일이다.

　야당의 현실은 불가에서 내려 온 자업자득이다. 과거 10년의 실정을 겸허히 성찰하고, 향후 나라와 국민을 위해 진정으로 최선을 다하는 모습을 보인다면, 그때 국민들은 지지하고 집권의 기회를 줄 것이다. 하지만 한국당은 MB 정권처럼 빨갱이 타령에 장단 맞추고 있다. 시대변화를 따라가지 못한 낡은 사고를 버리지 못한 채, 적자생존의 논리를 거부하고 있어 실망스럽다는 지적이 나온다. 과거처럼 국민을 얕잡아보고 함부로 홀대하다가는 또다시 큰코다친다며, '가까이 하기엔 너무 먼 당신'이야말로 배신의 그 자체라고 뒷걸음친다. 중국 당태종(이세민)은 '수능재주 역능복주(水能載舟 亦能覆舟)'라고 했다. 즉 물(백성)은 배(군주)를 띄울 수도 있고, 침몰시킬 수도 있다는 것이다. 우리 정치인들이 가슴에 새겨두고 되새겨볼 명언이다.

(2018. 4. 11)

한국당은 막말과 궤변을 전세특허라도 냈는가

　며칠 전, 한국당의 장제원 수석대표의 논평을 보고, 과거 막말과 궤변을 일삼았던 같은 당 의원들 모습들이 오버랩 된다. 제1야당이 국민을 무시해도 유분수지 저리도 습관처럼 자충수를 두고 있는가. 참으로 딱한 일이다. 최근 한국당에 무슨 문제가 있기에 국가경찰에게 아무 생각 없이 불쑥 튀어나오는 비난에 대해 경찰뿐만 아니라 대다수 국민들도 실망과 충격을 받고 있다.

　지난 16일 울산지방경찰청이 아파트 건설현장 비리 수사와 관련해 한국당 출신 울산시청 비서실을 수색하여 몇 가지 서류를 압수하는 것을 두고, 야당 파괴를 위한 정치공작으로 예단하면서 흥분한 것 같다. 이와 관련 장 의원은 "정권의 사냥개가 광견병까지 걸려 정권의 이익을 위해서라면 닥치는 대로 물어뜯기 시작했다 미친개는 몽둥이가 약"이라고 경찰을 거칠게 비난 했다. 일각에선 마치 '3류 코미디를 보는 것 같다'라는 야유가 쏟아져 뒷맛이 씁쓸할 것이다. 사실상 공당 논평치고 사유와 성찰이 부족한 탓으로 지적되고 있다.

　우리 속담에도 '말 한마디에 천 냥 빚도 갚는다'라고 했고, 또 '관속에 들어가도 막말은 말라'고 했다. 이렇듯 말에 대한 책임의 중요성을 담고 있다. 실제로 말 한마디 듣고도 상대방 인격을 다소간 판단할 수 있다. 무심코 내뱉는 가시 돋친 말도 거부감과 반감이 생긴다. 반대로 점잖은 말씨를

들을 때 호감과 친근감을 느껴짐은 인지상정이 아닐까. 오랫동안 정권을 잡았던 정당이 어쩌다가 이처럼 막말과 궤변을 해대는 몰상식한 정치집단으로 추락했는지, 어느 한국당 지지자께서는 '측은한 생각이 든다'라며 하염없는 탄식을 한다.

국민 대다수도 듣기에 '거북스럽고 민망하기만 하다'라고 입을 모은다. 누워서 침 뱉기는 결국 그 피해가 부메랑이 되어 돌아오게 될 것이다. 한편 진정성 있는 충고와 조언에 감사하고 가슴 속에 맺힌 원한도 풀어내기도 한다. 반대로 막말과 궤변에는 역겨움을 느끼고 증오를 키우기도 한다.

과거 한국당 의원들 막말 궤변의 몇 가지 사례를 들쳐보면 지역구민도 그 책임에서 자유로울 수 없을 것이다. 정우택은 김관진 전 국방부 장관이 군 사이버사령부를 동원한 여론조작과 정치개입 혐의로 구속된 것에 대해 "박수치고 좋아할 사람은 김정은 뿐"이라는 궤변을 늘어놔 "그 애비에 그 자식이다"라고 욕을 한바가지를 얻어먹었다. 또 김진태는 "박근혜는 역사상 가장 청렴한 대통령이다"라는 수준급(?) 궤변을 외양간 뿌사리가 듣고서 기절초풍할 뻔했다. 정진석은 자신의 페이스북에 "부부싸움 끝에 권양숙씨가 가출하고, 노 전 대통령이 스스로 목숨을 끊었다"는 막말을 남겼다. 이것은 '사자에 대한 명예훼손죄'에 해당되는 범죄이다. 김무성은 "역사 교과서 싸움에 지면 우리나라가 망한다"라고 했다. 과거에 배운 역사책을 좌파 교과서로 폄하하고, 독재 친일적 방향으로 수정하려고 궤변을 쏟아내 친일파 자식이라는 지탄을 한 몸에 받았다. 왜 이처럼 한국당은 막말과 궤변의 논란에 휘말릴까. 마치 전세특허 낸 걸로 착각할 지경이다.

막말의 사전적 의미는 '나오는 대로 함부로 하거나 속되게 말함'으로, 궤변은 '상대편을 이론으로 이기기 위하여 상대편의 사고를 혼란시키거나, 감정을 격양시켜 거짓을 참인 것처럼 꾸며대는 논법'으로 규정하고 있다. 특히 대변인은 그 정당의 입이다. 말 한마디에도 인품이 묻어나듯이 논평에는 품격이 드러난다. 따라서 표현 하나하나에 신중을 기하고 절제된 언어를 구사해야 하는 이유다. 향후 국민을 대표한 국회서 정치의 여유와 멋이 풍기는 촌철살인의 품격 있는 세련된 말솜씨로 순화시키고, 반민주 반이성 반지성 반국민적인 천박한 막말과 궤변을 접고 새 역사를 써야 한다.

원컨대 야당은 정부에 협조할 건 협조하고, 비판할 건 비판해야지만, 오기와 심술의 낡은 관행을 타파해야 한다. 분명코 정치행위는 뿌리대로 거둔다. 뒷날 집권을 바라거든 국민을 위한 정책으로 승부를 걸어봄이 어떨지… (2018. 3. 31)

7·27 판문점 선언 긍정 평가가 대세다

　항간에 떠도는 '만인소지 무병이사(萬人所指 無病而死)'란 속설이 있다. 즉 여러 사람에게 손가락질 당하면 병이 없어도 죽는다는 것이다. 이 말뜻은 잘못된 처신으로 공동체서 왕따를 당한다는 것이다. 요즘 한국당 홍 대표의 연일 쏟아 낸 빨갱이 발언으로 비난과 야유로 동네북이 되고 있다. 이럴 때 일수록 한번쯤 되새겨 봄직한 금언과 같다. 빨갱이는 원래 공산주의자를 속되게 이르는 말이다. 사실 공산주의는 사유재산제도의 부정하고 빈부의 차를 없애려는 사회체제다.

　홍 대표는 평소에도 품격 없는 말을 하여, 늘 독설이니 막말이니 궤변이니 정신이 나간 헛소리니 귀신 씨나락 까먹는 소리니 등, 듣기 거북스런 조롱 섞인 언어가 세간에 흐른다. 그럼에도 본인만 자신의 언행에 대해 무감각할 정도로 관대하고, 상대방을 살인적으로 비판하면서 오직 '마이웨이'를 외치며 정치를 희화화하고 있다. 물론 내부서도 쓴 소리가 봇물처럼 터진다. 지난 1일 같은 당 경남지사 김태호 후보자는 "완전한 비핵화 선언은 너무 큰 의미가 있다"고 호평했다. 홍 대표와는 결이 다른 입장을 보인다. 또 박근혜의 그림자인 인천시장 유정복도 참다못해 "홍준표 대표를 비롯한 당 지도부가 아직도 정신을 못 차리고 있다"며 강도 높게 비판했다. 이에 홍 대표는 지체 없이 "좌시하지 않겠다"고 으름장을 날렸다.

　링컨은 "위험은 외부에서 오는 것이 아니라, 반드시 내부에서 솟아오른다"고 했다. 한편 전대미문한 대사건 '4·27 판문점 선언'을 대다수 국민들은 설레고 기뻐하고 있다. 더불어 전 세계가 환영하고 지지한 가운데, 한국당 홍 대표와 애국당 조원진 대표만이 민심을 제대로 읽지 못한 채, 시대착오적인 발언이 문제가 되고 있어 그 귀추가 주목된다. 그제(2일) 홍 대표는 창원시서 열린 '지방선거 필승결의 대회'서는 "창원에 빨갱이가 많다"고 했다가 논란으로 번지자, 그는 경상도서는 반대만 하는 사람을 빨갱이라고 한다며 둘러댔다. 하지만 그의 색깔론은 고장 난 축음기처럼 지겹게 반복되고 있어 당 안팎서 역풍을 맞고 있다.

다른 한편 한국애국당 조원진 대표는 지난달 28일 서울역 광장에서 열린 보수단체 집회에 참석해 "6·15, 10·4선언을 지키자면 200조가 들어간다. 이런 ××가 어디 있는가"라고 문 대통령을 향해 욕설을 날렸다. 과거 군부시절 저랬다면 체포영장도 없이 모처에 데려가 손 좀 봐줬을 것이다. 반면 '7·27 회담 선언' 이후, 문 대통령의 인기가 정점을 찍고 있다. 그 비결은 국민들이 원하는 것을 하고 있고, 대통령의 권위를 낮추는 하심의 자세가 더욱 돋보여 국민지지가 하늘을 향해 치솟고 있다.

최근 MBC 여론조사를 실시한 결과 국민 10명 중 9명 가까이가 회담 성과를 긍정적으로 평가했고, 국정 지지율은 크게 올라 86%를 기록했다. 반대로 '성과가 별로 없거나, 전혀 없었다'고 부정적인 평가는 8.0%였다. 이쯤 되면 국민의 통일의지가 강렬하고, 대북인식의 대전환의 현상임에 틀림없다. 이뿐만 아니다. '완벽한 비핵화'를 선언문에 명문화했다는 점에 의미가 있다는 평가가 66.0%가 공감하는 반면, "구체적 내용이 없는 원론적 선언에 불과했다"는 응답자는 고작 29.7%로 나타났다. 알다시피 선언문에 구체적인 각론은 담을 수 없는 게 일반적인 사례다. 분명코 '한반도의 평화와 번영, 통일을 향한 판문점 선언'에 '남과 북은 한반도 비핵화를

위한 국제사회의 지지와 협력을 위해 적극 노력해 나가기로 하였다'고 명시
돼 있다. 그럼에도 보수언론들은 한술 더 떠 '핵 폐기' 내용이 없다는 논조
로 도배하고 있다. 실제로 '비핵화'는 '핵 폐기'와 같은 의미. 혹자는 한국
당의 해바라기 언론들은 똑같은 뜻을 가지고도 비틀어서 과장과 왜곡으로
일관하고 있다는 점에 국민의 불신과 반감을 자초하고 있다고 지적한다.

미국 공화당 상원의원 그레이엄도 "대북정책을 잘한다, 북핵 해결하면
노벨상감이다"라고 지지하고 나섰고, 또 민주당 벤 카인의원 역시 "외교적
큰 승리다"라고 호평했다. 이제는 수구 보수야당의 생각과 태도가 달라져
야 한다. 그래야 국민 호응을 얻을 것이다. 내우외환에 시달린 홍 대표는
언제까지 색깔론만 들고 나올 것인가. 또다시 소금세례를 받지 말길 바란
다. (2018. 5. 4)

문재인 대통령이 높은 지지받는 이유

한국갤럽에 따르면 지난 6일 문재인 대통령의 직무수행에 대한 지지율이 74%대 상승세를 기록했다는 여론조사를 보고 민심의 흐름을 대충 인식할 것 같다. 특히 대한민국의 미래를 책임질 2, 40대가 83%로 가장 높게 지지하고 있어, 역시 신세대들의 '판단이 올바르게 가고 있어 다행이다'라는 생각이 들어 뒤늦게라도 희망을 걸어본다. 지지 이유는 '외교를 잘하고, 북한과의 대화 재개, 소통·국민공감 노력, 개혁·적폐청산, 대북정책·안보' 등으로 꼽았다. 반면 부정 평가자들은 '대북관계·친북성향' '과거사 들춤·보복정치' '경제·민생문제 해결부족' '북핵안보' 등이다. 그런데 반대자들은 '진영의 틀'에 갇힌 사람이거나 '지역주의'에 함몰되거나 '극우적 올가미'가 씌워진 사람들의 수치에 불과하다. 또한 지지 정당도 민주당 49%, 한국당 13%, 바른미래당 8%, 정의당 6%, 민주평화당 0.3% 순이다.

돌이켜보면 '이명박근혜' 정부에서 꿈꾸지 못했던 정책들이 문 정부가 들어와서 과감하게 시행하여, '대한민국의 역사를 새롭게 쓰고 있다'라는 사실에 공감대가 확산되어 고무적인 현상을 보인다. 특히 '외교와 개혁·적폐청산을 잘한다'며 높은 점수에 대해 야당도 질투와 시샘이 날 듯하다. 보수정권 10년 동안 국민은 안중에도 없었다. '진보세력 탄압 프레임'을 기획 시행하고, 자기네끼리 '친박계니 친이계니' 서로가 권력 다툼하다가 끝장났다. 결국 민심 이반을 초래해 놓고도, 자신들의 잘못된 점은 인정치 않고, 여당 때문이라고 덮어씌운 걸 보면 소도 웃을 일이다.

문 정부가 '한반도 운전자론' 내세웠을 때, 한국당 김성태 원내대표는 지난 2월 13일, "문재인 정권이 냉철하게 현실을 직시해 북핵 폐기와 국제공조에 나설 것인지, 아니면 감상적 민족공조에 빠져 한미동맹과 국제공조로부터 역주행할지, 온 국민이 우려 섞인 시선으로 지켜보고 있다"라며 성명을 낸 뒤 '무면허 운전이니, 초보운전이니' 등 폄하했다. 사실상 '운전자론'을 쉽게 해석하자면 '대한민국이 중심이 되어 반한도 정세를 이끈다'라는 의미다. 그럼에도 해석을 곡해하고 정부정책에 발목을 잡았다.

특히 한국당의 대통령은 여태껏 미국과 일본에 의존하며 끌려 다니면서 국민을 속였다. 게다가 홍준표는 '공주를 마녀로 만들었다'는 막말하면서 박 전 대통령의 호위무사를 자처했다. 일각에선 과연 제정신인지 의심스럽다며 대꾸할 일말의 가치도 못 느낀단다. 앞서 홍 대표는 자신 페북에 글을 올려 '박근혜 정권의 잘못된 국정운영은 인정한다'면서도 '돈 1원 받지 않고 친한 지인(최순실)에게 국정 조언 부탁하고, 도와준 죄로 파면되고 징역 24년 가는 세상'이라고 비판했다. 홍 대표가 과거에 검사 출신이 맞는지 의심스럽다고 대부분 국민은 의아해한다. 역사의 가정은 무의미하지만, 이런 사람이 대통령이 되었다면, 국가 운명은 어찌 됐을까. 물론 퇴근 후, 지친 몸을 이끌고 또다시 광화문 광장으로 달려가 촛불을 들었을 것이다. 문 정부가 적폐청산을 덮고 간다면 직무유기다. 또 개혁을 방치하면 국민과의 공약을 저버린 것이다. 그래서 적폐청산과 개혁은 부정부패로 병든 나라를 소생시키는 생명수와도 같다.

바라건대, 한국당은 박정희 전 대통령의 '반공 이념 및 우상화'를 내려놓고, 또 정경유착의 고리를 끊겠다는 비장한 각오와 정부 정책에 도울 건 도와야 한다. 그리하여 새 시대에 걸맞은 미래지향적인 목표를 설정하여, 건전한 정당 운영에 힘쓸 때, 국민들의 호응을 얻을 것이다. (2018. 4. 12)

조국통일 주체는 더불어민주당이다

"우리의 소원은 통일/ 꿈에도 소원은 통일/ 이 정성 다해서 통일/ 통일을 이루자/ 이 겨레 살리는 통일/ 이 나라 찾는데 통일/ 통일이여 어서오라/ 통일이여 오라."

1947년에 발표된 동요(안석주 작사, 안병원 작곡)다. 온 국민이 통일을 염원하는 애창곡으로 널리 불려져 왔다. 나 역시 초교 때부터 불렀던 '우리에 소원은 통일' 노래가 고희를 넘어서고 있는 오늘날까지 애창하고 있다. 그동안 '남북 화해와 통일'을 주장하는 지식인과 정치인들이 극우들로부터 종북이니 빨갱이라는 소리를 들어왔다. 또 선거 때면 마녀사냥을 했고, 보수 야당은 정치에 악용해 왔던 것이다. 이처럼 이념과 사상의 갈등으로 제대로 포용적이지 못한, 우리 사회는 통일의 건전한 의견이 자유롭게 펼쳐보지 못한 가운데 살아왔다.

사실상 '남북 화해와 통일'에 평생을 몸 바쳤던, 고 김대중 전 대통령을 떠올려 보지 않을 수 없다. 그는 수없이 '사상이 의심스러운 빨갱이다'는 극우 논객, 안보단체, 정치권(한국당 전신), 보수언론들의 벌떼처럼 공격을 받아왔지만, 한 번도 신념을 꺾이지 않았고, 포기하지 않았다. 특히 국정원의 온갖 공작에도 끄덕치 않고, 전두환 신군부 세력에게 사형선고를 받고도 의연했던 정의롭고 해박한 정치인 DJ는 후세에 가장 존경받는 인물로 추앙받을 것이다. 한편 이명박 정부가 들어선 이후, '자주통일과 평화 번영'으로 나아가던 남북관계를 급속히 냉각시켰다. 6·15공동선언이 만들어

낸 통일의 꿈마저 사라지게 했다.

특히 보수단체들은 노벨위원회에 서신을 보내 'DJ 노벨평화상을 취소하라'고 했고, 서거 뒤 국립묘지에 안장된 것을 파헤치는 퍼포먼스도 저질렀다. 이명박과 원세훈은 결국 그 죗값을 치르고 있다.

알다시피 분단 반세기만에 처음으로 현직 대통령 자격으로 북한을 방문한 DJ 전 대통령은 '조국의 평화적 통일을 염원하는 온 겨레의 숭고한 뜻에 따라' 김정일 국방위원장과 함께 6·15공동선언을 발표하였다. 실제 6·15공동선언은 통일의 이정표이다. 이 선언은 미국을 비롯한 한반도 주변 강대국들의 입김에도 흔들림 없이 통일로 나아갈 수 있게 하는 최초의 남북한 공동 통일선언이다. 따라서 남북한끼리 외세의 간섭 없이 인도적 문제해결, 민족경제 발전, 제반 분야의 협력과 교류를 담은 '햇볕정책'의 일환이었다. 반면 이명박 정부는 이런 남북분위기에 찬물을 끼얹었다. 오직 반북 대결정책만 일관했다. 이로 인해 얻은 것은 아무것도 없었다. 사실상 평화공존, 평화교류, 평화통일만의 '한민족대원칙'을 차버린 것이다.

실제 한반도는 전 세계에서 유일한 정전중인 지역이다. 6·25의 아픔이 아직 사라지지 않은 이 땅은 언제 전쟁이 나더라도 국제법적으로 문제가 없는 상태이다. 이처럼 전쟁의 위험이 항상 도사리고 있기에 남북한끼리 평화를 이루려는 의지나 노력이 없이 정전협정이 평화협정으로 전환될 수 없는 것이다. DJ정신을 계승한 노무현 전 대통령도 북한을 방문해 10·4선언을 했다. 나름대로 원칙을 세워 자유민주주의를 확대시켜 국민의 행복시대를 열었다. 임기를 끝나고, 이명박 정권의 망신수사로 인해 자살을 선택한 불행한 인물이다. 최초 여성 대통령인 박근혜 정권은 국민의 기대와는 달리 독재와 전횡을 휘둘러 적지 않는 실책으로 실망이 컸다. 끝내 최순실 집사와 국정농단으로 인해 최초 탄핵을 당해 권좌서 내려 온 대통령이다. 그 뒤 촛불혁명으로 탄생한 문재인 대통령은 날이 갈수록 인기가 하늘 높은 줄 모르고 치솟고 있다. 그 이유는 정책수행을 잘한다는 국민 평가로 인해 지지와 신뢰를 받고 있다. 이런 가운데 지난 4월 27일 판문점에서 열린 제3차 남북정상회담서 문재인 대통령과 김정은 국무위원장이 공동으로 발표한 선언에 한겨레 꿈이 담겨있다.

주 내용은 완전한 비핵화를 통한 핵 없는 한반도를 실현하고 남북 관계 개선과 연내 종전 선언, 정전협정을 평화협정으로 전환하기 위한 남·북·미 정상회담 개최 추진 등이다. 문 대통령의 피나는 노력으로, 미북회담(6·12)을 이끌어 낸 것은 사상 유례없는 위대한 업적에 온 국민 고개 숙여 감사해 했다. 반면 보수야당은 '반통일 친일세력'이라는 현실의 국민인식을 씻어내기에는 많은 시간이 필요할 것 같다. 한민족 소원인 통일을 이룰 수 있는 유일한 정당은 오직 '더불어민주당'이라는 인식이 확고해 졌다는 것을 증명했다. 김대중 노무현 문재인 전 대통령으로 이어진 조국통일의 꿈이 성큼 다가섰다. 어릴 적부터 불렸던 '우리의 소원은 통일'이 차기 민주당 대통령으로 선택된다면, 기승전결법칙에 따라 마무리될 것 같은 좋은 예감이 든다는 일각의 목소리가 조심스럽게 고개를 들고 있다. (2018. 6. 11)

민주당, 오랜 집권이 관측된다

6·13지방 선거는 문 정부와 민주당이 잘 해서 압도적으로 지지한 게 아니라 한국당 의원들의 잘못과 구태의연한 태도와 엇나간 의정활동 때문이다. 꿈속처럼 남북, 북미 정상회담 등 한반도를 둘러싼 국제질서가 요동치는 가운데 1년밖에 안 된 문재인 정부를 처음부터 흔들고 협조는커녕 실패를 바라는 심술이 가득 모습에 반기를 들었다고 지적한다. 한국당의 고리타분한 반공 이념과 소속 의원들의 오만한 태도, 빨갱이 타령, 막말궤변, 정부정책 발목잡기, 적폐청산 반대 등으로 국민들을 화나게 만들어 국민밉상으로 비쳐졌기 때문이다. 반면 정부여당이 이번 선거 결과에 취해서 민심을 잘못 곡해(曲解)해 일방 독주로 나가면 승리의 축배가 독배로 변할 수 있음을 알아야 한다.

또한, 높은 지지율에 의지해 민심에 이반한 정권은 예외 없이 '집권 2년 징크스'에 직면했던 정치흑역사(政治黑歷史)를 반면교사(反面教師)로 삼아야 한다. 정치인이야말로 국민 앞에 항상 겸손하고 겸허해야 지지도가 높아지고 신뢰를 얻게 된다. 그래야 존경과 인정을 받는다. 문재인 대통령이 지방 선거가 끝난 18일 오후 청와대 여민관 대회의실에서 열린 수석보좌관 회의를 주재하면서 (새로 선출된) 지방권력이 해이해지지 않도록 해달라"며 "대통령 친인척 등 특수관계인에 대해서도 민정수석실에서 열심히 감시해 달라"고 주문했다. 게다가 민주당의 압승으로 끝난 6·13 지방선거 이후 승리감에 취해 자칫 해이해지지 않도록 당·정·청의 공직기강을 강조했다.

이어서 "민정수석이 중심이 돼 청와대와 정부 감찰에서 악역을 맡아 달라"고 요청했다고 김의겸 대변인이 전했다. 그뿐만 아니라 "지방선거 결과에 기뻐하는 것은 오늘까지"라며 "우리가 받은 높은 지지는 굉장히 두려운 것이고, 이는 정말 등골이 서늘해지는, 등에서 식은땀이 나는 정도의 두려움이다. 지지에 충족하지 못하면 기대는 금세 실망으로 바뀔 수 있다"고 강조했다.

그렇다, 올바른 인식과 판단이다. 문재인 정부가 탄생하기 전, 박근혜 정권의 실정으로 인한 민심이반이었다. 세월호 참사, 대통령의 전횡 박근혜 최순실 게이트 친박논쟁 국민경시 등으로 촛불민심이 중심이 되어 '이게 나라냐'며 하야를 주장하며 참고 참았던 분노가 터져 나왔다. 반면 박근혜 지지자들은 박근혜와 최순실 게이트 사건에 대하여 옹호하거나 혹은 '거짓 조작이다'라고 주장했지만 끝내 정의는 승리했다. 돌이켜보면 2016년 12월 9일 박근혜 대통령 탄핵소추안이 국회서 '가결' 되었을 때 대다수 국민들이 TV앞에서 손뼉치고 환호했다. 마치 자신이 승리한 것처럼 도취했다.

정말로 국민들의 위대함과 강함을 다시 한 번 보여준 계기가 됐다. 게다가 헌법재판과 전원의 일치된 의견으로 2017년 3월 10일 '파면'이라는 결정을 함으로써 박근혜 대통령은 청와대서 짐을 꾸려 나오게 됐다. 국민을 위한 정치보다 수많은 부정부패에 대한 인과응보였다. 그러하고도 국민에 대한 진정성 띤 사과는 않고 결국 법에 따라 구속되고 말았다. 그리고 2017년 5월 9일 대통령 선거를 통해 '문재인 후보'가 당선됐다. 그날 문 대통령은 "자신을 섬기지 않았던 분들도 섬기는 대통합 대통령이 되겠습니다"라고 말했다. 말이라도 감사했다. 자유민주주의 국가서 대통령은 국민을 위한 정치를 해야지 자신과 자기 정당 소속 의원들을 위한 정치행위로써는 국민의 지지와 존경을 못 받는다는 시대정신을 인식해야 한다.

과거 권위주의 행태로 국정을 운영했다가는 낭패를 당하게 된 다는 것을 반면교사로 삼아야 정권의 생명은 길어지게 된다. 문 대통령이 초심을 버리지 않고 한국당의 70년 동안 쌓인 적폐청산과 국민이 공감하는 인사정책을 펼치면서, 경제성장을 도모하고 대북 관계도 미국과 공조하며, 남북이 번영과 평화의 분위기로 간다면 오는 2020년 총선 시도 국민의 지지와 성원이 더 클 것으로 관측 된다. (2018. 6. 17)

북·미 '적에서 동반자'로 평화시대 열까

어제(6월 12일)는 TV서 온 종일 눈을 떼지 못했다. 트럼프 대통령과 김정은 위원장의 일거수일투족에 신경을 곤두세우면서 긴장의 시간을 보냈다. 결국 두 정상들이 공동성명에 서명함으로써 탄성이 터졌다. 여기에 담긴 4개 항목이 포괄성은 띠었지만, 양국 두 정상이 완전하고 신속하게 이행해 나가자고 입을 맞췄다. 실로 북·미는 '70년 적대 넘어 평화 시대의 문'을 열고나선 한민족의 쾌거로 평가되고 있다. 사실상 마지막 냉전 해체의 세계사적 사건의 중심에서 중재 역할을 했던 문재인 대통령의 위적은 청사에 길이 남을 것이다. 국제사회 역학관계는 '어제의 적이 오늘에 친구가 되고, 오늘에 친구가 내일에 적이 된다'라는 말이 실감난 현실이다.

한편 오늘 아침 'daum 포털사이트'에 연합뉴스가 제공한 '북미정상, 적대·대결에서 공존·협력 전환 첫걸음 뗐다' 제하 기사에 어느 누리꾼(닉네임 혼돈과 질서)이 쓴, 1순위에 오른 댓글이 함의가 있고 인상 깊어 그 내용을 소개해 보면 이렇다.

〈첫 술에 배부를 순 없지만 시작이 반이기도 합니다. 샅바싸움은 어느 정도 정리 되었고, 지금부터 하나하나의 행동에 신뢰를 두텁게 하여, 종전과 영구 평화를 향한 힘차고 점진적인 진전만 있겠지요. 친일 쿠데타 색깔론에 기생하여 왔던 세력들은 그 종말이 코앞에 왔으니 경거망동 마세요.〉

필자는 이 글을 쓴 사람의 실명도 모르고 만나본 적도 없지만, 우리 국민에게 좋은 말씀을 전해 주어 개인적으로 사의를 전한다. 한편 일각선 반공 이데올로기에서 벗어나야 한다는 자성론도 일고 있지만, 반면 극우들은 '평화쇼'라며 불신의 목소리도 터져 나온다. 또 한편 한국당 홍준표 대표와 자유한국당은 "끝나가는 빨갱이 시대가 더 강해지고 있다는 시대착오를 하고 있는데, 이제는 '빨갱이 장사'보다는 여야가 한반도에 완전한 평화를 위한 외교안보 연정을 추진해야 한다고 생각한다"고 주장했다. 혹자는 홍 대표 주장을 해석해 보면 자기모순에 빠져있다고 지적한다. 앞부분은 빨갱이 시대가 강해진다면서도, 뒷부분은 빨갱이 장사보다는 여야가 외교안보를 연정하자고 제의한다. 지금껏 '빨갱이 쇼'에 매진해 온 홍 대표의 오락가락한 주장은 이미 신뢰를 상실한 것 같은 분위기다. 한국당의 외교안보론과 민주당 외교안보론이 양극화가 더욱 심화되고 있는데, 어떻게 연정을 하자는 건지, 애매 모호성으로 혼란을 주고 있으나, 똑똑해진 국민을 더 이상 속지 않을 것이다. 그는 자신의 주장이 최고이고 최선이다는 '도그마적인 사고방식'에 같은 당 의원들도 고개를 젓는데, 혼자서 자충우돌하면서 여당에 시대착오를 한다는 게 논리적으로도 맞지 않다고 평가한다.

또한 홍 대표는 이번 지방선거는 "뚜껑을 열어봐야 민심을 알 수 있다. 진짜 바닥 민심은 우리 자유한국당에 있다"고 자신하고 있지만, 그건 혼자만의 희망사항일 뿐이다. 국민 대다수는 수구 보수야당이 "시대적 배경을 제대로 파악하지 못하고, 획기적인 변화를 보이지 않으면, 정치판서 설 자리가 없다는 위기감을 느껴야 할 것이다"라는 국민 여론이 뜨겁다. 오늘은 지방선거 투표 날이다. 짧은 생각의 투표가 중요한 게 아니라, 어느 정당이 국가에 도움 되고, 국민에 행복을 가져 올지를 꼼꼼히 따져보면서 소중한 나의 한 표를 행사하길 바란다. (2018. 6. 13)

'드루킹 댓글' 관련 국회 파행은 직무유기다

이른바 '드루킹 댓글' 사건에 매몰된 한국당이 국회를 파행시키면서, 지난 17일 오전 국회 본관 앞에 천막을 치고 농성이 시작됐다. 3일 뒤, 국회 정원에서 청와대 앞으로 장소를 옮겨 전선을 확대시키면서 '드루킹 특검을 하자'며 거친 정치공세를 펴고 있으나 국민적 공감대를 얻지 못하고 있다. 혹자는 그들은 '염불에는 마음이 없고 잿밥에만 마음을 쓴다'고 지적한다. 이처럼 야당 의원들이 자신의 소임에는 '나몰라라식'으로 팽개치고, 당리당략만 치우친 행태에 자체 비판도 제기된 입장이다.

현재 드루킹 사건은 서울 지방경찰청의 수사에 따라 김씨(필명 드루킹)의 정체가 한 겹씩 벗겨지고 있다. 그들은 평소 '경제적 공진화모임(경공모)'의 멤버로서, 네이버 포털사이트의 네티즌에 불과하다. 또 대선 때 집권 가능한 정당에 댓글을 달아주고, 반대급부를 바라는 양아치들이고, 사기성 띤 사이비 종교집단과 흡사하다. 한때 자신들의 세력 확대를 위해 박근혜 정부 때도, 박사모 회장에게 접근했던 사실도 밝혀졌다. 특히 야당에서 문제를 삼는 것은 민주당 경남 도지사후보 김경식 의원 보좌관 부탁으로 김씨(필명 드루킹)에게 네이버 포털사이트에서 민주당에 댓글을 달도록 하여, 대통령 당선에 영향을 끼쳤다는 터무니없는 주장을 한다. 설령 댓글은 조작할 수 있지만, 여론만큼은 조작할 수 없지 않는가. 하지만, 네이버 포털사이트 댓글에서 진정한 여론이 형성된 것은 언어도단이다. 그럼에도 한국당은 겉으론 월척이라도 건져 올리려는 모양새를 취하고 있지만, 속내는 맹탕인 줄 알면서도 어깃장을 부리고 있는 셈이다.

　지난해 5월 2일 전까지 어느 여론조사에 따른 대통령 후보 지지율을 살펴보면, 문재인 42.2% 안철수 19.3% 홍준표 17.2%였다. 다른 여론조사 기관서도 이와 비슷한 수치였다는 것은 삼척동자도 아는 사실이다. 실제로 5월 9일 선거결과의 득표율은 문재인 41.08% 홍준표 24.03% 안철수 21.41%였다. 이런 현저한 득표 차이가 있음에도 야당이 억지를 부린 것은 분명한 의도가 있어 보인다. 사실상 '드루킹 댓글'에 대해, 법률 전문가들의 해석은 이렇다. 민주당에 선풀을 다는 것은 죄가 성립 안 된다. 반대로 한국당 대선 후보자에게 악풀을 달았다면, 명예훼손죄가 될 수 있고, 또 추천 수를 조작했다면 포털회사에 대한 업무방해죄가 성립한다는 것이다.

　과거 이명박 정권 시절처럼 국정원에서 기획하여 민주당 대선 후보자에게 "용공이니 친북좌파니 빨갱이니 공산당이니" 등 악풀 다는 것도 아닌데, 왜 저리 거품을 물고 농성에 목을 맬까. 이게 바로 '얄팍한 정치쇼'이다. 이 또한 지나치면 독이 될 것이다. 일각에선 드루킹 댓글사건을 침소봉대하여 정쟁으로 몰고 가는 것에 대해 전혀 관심이 없는데, 한국당은 정부·여당에 태클을 걸면서 '국회를 파행시키는 것은 직무유기며, 당리당략을 위한 술책이다'고 입을 모은다. 이뿐만 아니다 문재인 대통령이 강력히 추진해 온 '지방선거와 개헌을 동시투표'에도 결국 무산이 됐다. 한국당이 국민과의 약속한 개헌을 헌신짝처럼 차버린 결과에 대해 국민은 쉽사리 묵과하지 않을 것이다.

　한편 과거 정권의 적대적 남북관계에서 현 정부의 화해무드로 전환되어가는 과정을 전 세계가 주목하고, 미국 트럼프 대통령도 지지한 역사적 남북 정상회담을 두고 한국당 홍 대표는 위장쇼라고 폄훼하며 냉소적이지만, 지구촌도 놀라울 발전이라며 한 목소리를 내고 있다. 알다시피 한국 당은 70년 동안 당명을 바꿔가면서 집권했지만, 남북 간 적대정책은 어떤 결과를 자초했는가를 다 알고 있다. 이제 국민은 '왕조시대 백성이 아니 다' 핫바지로 만만하게 봤다간 낭패를 맛보게 될 것이다. 돌이켜보면 촛불 집회는 우리 사회에 큰 변화를 가져왔다. 하나는 비선 실세 최순실과 국 정농단한 박근혜 대통령을 권좌에서 끌어내리는 데 주역을 했다. 다른 하 나는 민주당 문재인 후보를 19대 대통령을 만들었다. 향후 6·13 지방 선 거에도 국민을 무시하고 구태를 재연한 낡은 정치세력에게 꺼지지 않는 촛 불은 반드시 투표로 응징하여 개혁동력이 나라다운 나라를 만들어놓을 때까지 긴장의 끈을 놓지 말아야 한다. (2018. 4. 23)

아홉 번 잘하다가 한 번 실수하면 죽일 놈일까

박원순 서울시장, 그는 2020년 7월 13일 고향 경남 창녕의 선산에 한줌의 재가 되어 뿌려졌다. 이제 소년처럼 해맑게 웃는 소탈한 모습을 볼 수가 없다. 아! 그 누가 그를 죽게 하였는가. 국민 대다수는 황망하고 허탈하다. 7월 9일 관사를 나선 뒤 익일 01시에 시신으로 발견됐다. 서울광장에 차려진 분향소에는 박 시장을 애도하는 시민 조문객이 우중에도 인산인해를 이뤘다. 무려 1만 9천명이 비통한 감정을 자제 못한 채, 하염없이 눈물을 쏟아 내기도 하고, 또 슬픔에 못 이겨 엉엉 소리를 지르며 통곡을 하기도 했다.

한편 언론에서는 고인에 대해 '추모와 배신감' '애도와 비판'이 교차한다고 제목을 달았다. 하지만 배신감과 비판보다는 추모와 애도가 더 큰 봇물을 이뤘지만 메인 '조중동문'의 보도행태는 도를 넘어서고 있다. 사실상 '하나밖에 없는 인간의 생명과 수치감을 느꼈던 추행'의 두 문제를 사회의 건전한 상식, 즉 경험칙에 바탕을 두고 깊은 생각을 하지 않을 수 없다. 물론 피해자는 억울한 심정을 이해할 수 없는 게 아니다. 일각 선 음해성이 묻어난다는 이유를 4년 만에 고소한 점, 구체적인 증거제시를 하지 못하고 막연히 성추행을 했다는 점, 피해자 변호인의 과거행적 등을 들고 있다. 그동안 '미투광기'로 유명 문인과 교수 정치인 등이 하루아침에 불명예를 뒤집어쓰거나, 형사 처벌을 받았고 억울함을 참지 못해 자살을 감행했다. 이처럼 인적자원의 손실이 크다.

한편 박 시장 역시 수사도 법의 심판도 받아보지 않고, 전 비서 성추행 범인으로 낙인찍혀 그 충격으로 자살한 현실이 개탄스럽다. 또 한편 박 시장은 서울시 행정을 지휘할 수 있는 공인으로서 또 처자식을 둔 가장으로서 책임성 없이 스스로 자살을 선택한 점에는 동의할 수는 없다. 언제부턴가 우리 사회가 진영논리에 푹 젖어 극우 유튜버의 막말과 궤변 음해성 가짜뉴스로 분탕질을 하고 있지만, 사법기관은 '표현의 자유'를 막는다는 구실로 강한 처벌에 인색하다. 그러나 피해자의 입장은 터무니없는 거짓명에를 씌워 범죄자가 된다. 그뿐인가. 일부 국회의원의 수준은 시정잡배보다 더 저질스럽고 야비하고 치졸한 짓에 혀를 내두른다. H의원은 한술 더 뜬다. '박 시장이 채홍사까지 두었다'는 근거 없는 정치적 음해성 발언 대해 되레 인성과 품격의 문제라고 역풍을 맞았다. 특히 국회의원들은 불체포와 면책특권의 방패 뒤에 숨어서 '아니면 말고'식의 무책임한 발언은 누워서 침 뱉기다. 게다가 야당은 조문거부를 했다. 인간적 도리마저 팽개쳤다. 이제는 건강한 민주주의가 그림속의 떡이다. 어디 그뿐인가. 혼란과 무질서에 기름을 붓고 있고 정체불명의 단체에서 툭하면 대통령과 각부장관 등을 고발하는 비정상적인 사회로 추락하고 있다고 우려의 목소리가 확산되고 있다.

필자는 고희를 넘긴 자로서 '2020년 증오와 분열의 사회현상을 보고 소름이 돋아난다. 야당은 애오라지 정권탈취에만 눈 멀어 국가와 국민은 안중에도 없는 것 같다.' 뿐만 아니라 그들은 혐오와 증오로 가득 차, 여당을 못 잡아먹어서 환장한 것처럼 온갖 의혹을 제기한다. 그러나 국민은 개돼지가 아니라, 각 정당의 잘잘못을 정확히 분별하는 지식과 지혜를 갖고 있으므로 옳은 판단과 선택은 국민의 몫이다. 자고로 '대역죄를 진 인간의 죽음 앞에서는 누구나가 엄숙해지고 숙연해진다'는 말이 무색할 지경이다. 필자는 묻고 싶다. 9번 잘하다가도 한번 실수하면 죽일 놈이냐? 제발 정치인이 국민의 존경을 받으려면 먼저 예의와 품격 갖추라고 권유하고 싶다. (2020. 7. 15)

'미투운동'이 교각살우가 돼선 안 된다

새봄의 매서운 꽃샘바람이 스쳐 가면 향기로운 꽃들이 흐드러지게 피어나서 기쁘게 해 주듯, 아직은 좀 어색한 '미투운동'이 결실을 맺어 양성 평등문화가 정착되면, 여성들이 차별받지 않는 아름다운 세상에서 행복을 만끽하면서 인간답게 살아갈 것이다.

요즘 사회 전반으로 확산되고 있는 미투운동이 어두운 과거의 남성 중심의 인식을 확 바꾸는 계기가 되어 양성 평등 사회를 만들어 성숙된 사회를 기대한다. 성폭력이 일상화되어 죄의식 없이 행해졌다는 것은 우리 국민 모두가 뼈저리게 반성하고 하루빨리 개선하지 않으면 그 불행은 우리에게 돌아올 것이다. 지금껏 사회 지도층의 갑질 행태는 약자들에게 눈물이 되고 트라우마가 되었다. 이런 비정상적인 사회문화를 바꿔 보겠다고, 용기를 낸 피해자의 폭로로 인하여 제2 피해를 받고 있어 참으로 안타깝다. 각 분야에서 특출하게 성공하고 기여한 것은 분명하다. 하지만 도덕성 부족으로 '성희롱 성추행 성폭력'이 자행되어 비난의 뭇매를 맞으며 끝없이 추락하고 있다.

하지만 일각 선 과거의 잣대로 오늘 날의 사회문화를 잰다는 것은 좀 문제가 있다는 비판의 목소리도 터져 나온다. 혹자는 "억울하고 분한 것을 이해는 하지만, 그것을 용서하고 묻어 버리면 더 좋았을 것이다"고 지적한다. 반대로 피해자는 그것을 마음에 오랫동안 간직하고 증오하다가 폭로하여 2차 피해를 당한 것도 가슴 아프다고 억울해한다. 최근 미투운동으로 인해 청운대 조 모 교수는 "가족과 피해 학생들에게 미안하다"는 유서를 남기고 소중한 목숨을 스스로 끊어 주위를 안타깝게 했다. 과연 죽음으로 제자들에게 속죄가 될 수 있을까. 또 민주당 민 모 의원은 10년 전 노래방 가서 여성 지인에게 뽀뽀한 사실을 폭로되어, 지도부의 만류에도 의원직을 사퇴하겠다고 사직서를 국회의장에게 제출해 놓고 있다. 그뿐만 아니다. 고은 시인은 30년 전 최 모 시인을 회식자리서 만졌다는 사실이 폭로되어 한국문단을 평생 일궈 온 업적이 하루아침에 무너지고 마치 흉악범처럼 호된 지탄을 받고 있다. 어느 기자가 성추행에 대한 질문에 그는 "지금은 언어가 다 떠나버렸다. 언젠가 돌아오면 그때 말할 것이다"고 답했다. 또한 거문고 명인 이 모 용인대 명예교수도 제자들 상습 성추행했다는 폭로가 잇따르자 대학 측은 직위를 박탈할 것이라고 밝혔다. 어떤 원로 평론가는 "너무 시시콜콜한 것까지 폭로하고 비난하면 세상이 살벌해지고 여유가 없어지는 것 같다"고 우려했다.

'미투운동'이 확산되어 각 분야서 우뚝 선 전문가들이 끝없이 추락하는 것을 보면서 우려 반 기대 반의 사회적 분위기가 형성되고 있다. 그래서 '미투운동'이 신중하게 이성적으로 접근해야 더 효과가 있을 거라는 목소리가 나오고 있다. 실제로 과거엔 회식자리서 걸쭉한 음담패설로 분위기를 띄운 사람이 인기가 있던 시절도 있었다. 지금은 성희롱에 해당한다. 만일 어른이 남의 딸아이가 예쁘다고 엉덩이를 두드리면 성추행이 된다. 이런 갑작스런 사회변화 바람에 노인들이 당황스러워한다. 나 역시 아내와 딸을 가진 가장으로서 내 가족이 성적인 모욕감을 당했다면 불쾌감을 느끼지 않을 수가 없다. 물론 누구나가 마찬가지다. 그래서 '미투운동'을 지지한 것 같다. 한국의 남성들도 타산지석으로 여겨 남성 우월의식을 버려야 한다. 향후 양성문화가 하루빨리 뿌리내리길 바란다. (2018. 3. 15)

국민이 깨어 있어야 정치가 건강해진다

박정필 지음

발행처·도서출판 **청어**
발행인·이영철
영 업·이동호
홍 보·천성래
기 획·남기환
편 집·방세화
디자인·이수빈 | 김영은
제작이사·공병한
인 쇄·두리터

등 록·1999년 5월 3일
(제321-3210000251001999000063호.)

1판 1쇄 발행·2020년 12월 30일

주소·서울특별시 서초구 남부순환로364길 8-15 동일빌딩 2층
대표전화·02-586-0477
팩시밀리·0303-0942-0478
홈페이지·www.chungeobook.com
E-mail·ppi20@hanmail.net
ISBN·979-11-5860-917-7(03810)

이 도서의 국립중앙도서관 출판시도서목록(CIP)은 서지정보유통지원시스템 홈페이지
(http://seoji.nl.go.kr)와 국가자료공동목록시스템(http://www.nl.go.kr/kolisnet)에서 이용
하실 수 있습니다.(CIP제어번호: CIP2020051198)